世界人権宣言　第一条

「すべての人間は、生れながらにして自由であり、かつ、尊厳と権利とについて平等である。人間は、理性と良心とを授けられており、互いに同胞の精神をもって行動しなければならない」

日本国憲法　第十九条

「思想及び良心の自由は、これを侵してはならない」

大韓民国憲法　第十九条

「全ての国民は良心の自由を有する」

良心

人間が生来もっている物事の是非、善悪を判断する統一的意識。自己の行為の正邪を識別する理性。生来ではなくとも教育によって育てられた正不正を判定する人間の能力。

プロローグ　D-day

「D-dayまで二日」

廊下や階段、執務室の壁に張り出された赤文字の掲示を前に、大阪の韓国総領事館は殺気立っていた。戦後最悪と言われるほど日韓関係が冷え込む中、二日後に文在寅《ムンジェイン》韓国大統領が大阪を訪問する。このD-dayは「史上最大の作戦」が敢行された日にちなむ。

第二次世界大戦中、ナチス・ドイツと戦う連合軍がノルマンディー上陸作戦を決行した一九四四年六月六日が後にD-dayと呼ばれるようになった。この日韓外交の分水嶺を無為に迎える訳にはいかない。第十八代総領事、呉泰奎《オテギュ》の懊悩は募る一方だった。

二〇一九年六月二五日、大阪でG20サミットが開催されることになった。会場は大阪湾を臨む大阪国際見本市会場・インテックス大阪。テーマは金融・世界経済。日本での開催規模としては過去最大になる。ここに世界のGDPの八割を占める国々のリーダーが参集する。

地盤沈下が進む関西経済の浮沈を握るのが中国、韓国などの隣国関係だ。特に一衣帯水の韓国との関りは深く、日本建国にまで遡る。大陸の文明や朝鮮半島の文化が玄界灘を渡り、瀬戸内海を通り、畿内に伝えられた。日本の鎖国期も朝鮮通信使による文物や人の往還は絶えなかった。今も流れは途切れない。二〇一七年に大阪府を訪れた外国人旅行者数は一一〇〇万人を超え、韓国からが四分の一をしめる。

だが、近年、日韓関係は暗転。慰安婦や徴用工など日本の植民地統治と過去認識が外交問題となり、首脳会談は開かれず、非難の応酬が繰り返される。過去の清算は遠のき、貿易、安全保障問題になった。

この日韓関係の最前線を生きるのが在日コリアンにほかならない。韓国と日本。二つの祖国を生きる在日は両国を架橋する紐帯の象徴になり、同時に、憎悪と差別にさらされた。日本では嫌韓が流布され、在日が標的とされた。関西では朝鮮学校「襲撃」事件が起き、大阪の御堂筋で白昼、「在日は国賊、売国奴」「北のテロリスト」「日本から出ていけ」と誹謗中傷を呼号するヘイトスピーチが跳梁する。一方、「韓流」の聖地、生野区やコリアンタウンには全国から毎年二百万人近いファンが集う。韓国憲法第二条は「国家は在外国民を保護する義務を負う」と謳う。駐大阪韓国総領事館は在日韓国人の安全のためにも、大統領の来阪を日韓歩み寄りの画期とすべく奔走した。

関西には在日の四分の一が集住する。中でも「在日同胞の首都」と称される大阪に韓国大統領が訪れるのは大阪生まれの李明博以来、八年ぶり。宿泊を伴うのは金大中以来、二十一年ぶりになる。滞在予定は二泊三日。公式行事と並ぶ最重要ミッションの一つが在日同胞との懇談会だった。呉泰奎総領事は文化、事業など各界で活躍する在日韓国人を招待すべく日本各地を飛び回った。

この招待者の中に韓国政府が弾圧し、拷問し、スパイに仕立て上げ、死を宣告した人々が含まれていた。七〇年代に韓国留学した在日のうち、一〇〇人以上が政治犯として投獄され、一八人が無期懲役、一一人が死刑判決を受けた。近年、少しずつ無罪判決が出されるようになったが、この知られざる冤罪事件の真相究明は途上にある。

国家権力の正統性は「無謬」を源泉とする。国家が見棄てた人々を国家が招く。自ら非を認め、謝罪することは民心離反に繋がりかねないリスクを負う。懇談会は韓国現代史の岐路となる政治決断だった。

古代ギリシャで時を表す表現にクロノスとカイロスがある。時計の針の如く、機械的に、万人に流れるのがクロノス。一方、一人一人、かけがえのない個々の歴史を刻むのがカイロスだ。ある時を境に見える景色が変わり、ある出来事が起きた瞬間の前後で歴史に断絶が生じる「その日」、「その刹那」こそがカイロスである。二〇一九年六月二七日は韓国政府にとって、そして韓国政府に棄てられた在日にとって、過去が転換するカイロスだった。この日の到来を希求して、生を賭して国家の罪と格闘した元死刑囚の叫びを紹介する。

タオルを口にかけて、上からヤカンの水を少しずつ垂らす。息が出来ない。もがき苦しんで水を飲む。すると、どんどん水が落ちてくる、タオルで覆われているから息が出来ない。もう、いつ窒息するかという恐怖。加えて電気拷問される。苦痛がものすごいので悲鳴をあげる……、自分の中から、何であんな声がでるのかと言う位の悲鳴がでる。動物です、人間ではない。そういう事を繰り返していると抵抗する意味が消えてゆく。一秒でも早く苦痛から逃れたい、そして自白を自作する……。

康宗憲《カンジョンホン》さんはかつて拷問を受けた。二四歳だった。スパイとされ、死線を超えかけた。

二か月の間に、徹底した屈服が強制される。調書に指紋を押すまで殴られる。大変な恐怖です。今まで親からビンタ一発されたことのないひ弱な人間が、非常に原始的な拷問、ありとあらゆる暴力を体験する……、苦痛に耐えられなくて、一秒でも早く、拷問から抜け出るために、何でも聞いてしまう心理状況に置かれる。その中で味わうのは、惨めな挫折感、権力の暴力の前に屈服したという敗北感です。そして二度と体制に抵抗しない人間に作り変えられる。

在日ゆえに故国では未来が描けず、祖国では死の淵を彷徨った

初めて、死に直面した瞬間でした。審理の最後、判事が言いました「死刑を求刑する。お前は反共を国是とする大韓民国では生存を許可できない」。……ああ、そうか、俺はこの国では生存を許されない人間なのかと。その時に、いや、違うだろう、一体、俺が何をした。軍事独裁の弾圧で、南北に引き裂かれ苦しむ祖国の人々に医者として寄り添いたい、それだけじゃないか。なぜ俺が拷問を受け、死ななければならないのか。日本では差別を受け、未来を求めた韓国では存在すら許されない、こんな不条理があるのか。今思えば、初めて生きようと決心した瞬間でした。

サミット期間中の六月二六日は国連が定める「拷問の犠牲者を支援する国際day」だった。

一九八七年同日に発効した拷問等禁止条約に由来する。

第一条は「拷問とは身体的なものであるか精神的なものであるかを問わず、人に重い苦痛を故意に与える行為であって、本人若しくは第三者から情報若しくは自白を得ること、本人若しくは第三者が行ったか若しくはその疑いがある行為について本人を罰すること」。

日本国憲法も第三十六条で「公務員による拷問及び残虐な刑罰は、絶対にこれを禁ずる」と唯一、絶対に許されない事項として、拷問を挙げている。

だが、日本で暮らす在日コリアンに日本国憲法は適用されなかった。「思想及び良心の自由は、これを侵してはならない」と定めた第十九条の理念も及ばなかった。その上、もう一つの祖国、軍事政権下の韓国は法治国家ですらなかった。

この軍事独裁政権は自らへの求心力を高める為に国家存亡の危機を煽り、北のスパイを捏造。照準されたのが在日留学生だった。康さん達は見棄てられ、日本政府にも黙殺された。踏みにじられた尊厳。名誉回復への扉が開いたのは三〇年後だった。

韓国の盧武鉉《ノムヒョン》政権は真実過去史委員会を立ち上げ、隠蔽されてきた国家の罪に向き合い、人権侵害事件の真相究明に着手。被害者の尊厳回復に取り組み、犠牲者の再審もすこしずつ認められるようになった。

だが、奪われた自由や時間、心身の健康、そして人間への信頼は容易に取り戻せない。文大統領の来阪が過去の清算への一歩になるのか。呉総領事は幾日も眠れぬ夜を過ごした。流暢な日本語を操る総領事は異色の経歴を持つ。韓国で軍事クーデターが起きた六〇年に生まれ、新聞記者になった。東京特派員や論説委員長を務め、二〇一八年に駐大阪韓国総領事に着任。国家権力を監視する記者から、国家政策を担う外交官への転身は無節操に見えるかもしれない。だが、総領事が三〇年奉職したのは市民が支える韓国の全国紙・ハンギョレ新聞だった。創刊は韓国の民主化運動が頂点に達する一九八七年。軍事政権に抗い、職場を追われた記者を中心に発足した。株主は一般の韓国市民。草莽に根差す新聞は韓国では例がない。このハンギョレの歩みは旧弊清算を標榜する文政権と共振する。日本の統治以降、歴々と繰り返される歴代政権の「負の過去」を報道。ベトナム戦争に参戦した韓国軍による住民虐殺記事では社屋が襲撃された。

過去を踏まえ、現在に根差してこそ、未来を展望できる。祖国の民主化を願い、統一を望み、留学した在日青年たち。その祖国に虐げられ、死を宣告された人々にカイロスは訪れるのか。

D-dayの曙光が大阪を照らした。

西大門刑務所の黙示録—分断克服に生命を賭した在日の行動する良心　目次

国家の謝罪

「暴雨に始まり、曇り空で終わった」

駐大阪韓国総領事の回想は戦後最悪の日韓関係を物語る。二〇一七年に第十九代韓国大統領に就任した文在寅は「いかなる困難にも揺るがない韓日友好関係の構築」を訴え、サミット期間中の首脳会談を要望した。しかし安倍総理は「議長国なので、日程が詰まっている。総合的に判断したい」と消極的だった。日本の外務省幹部は「短時間の立ち話はあり得る」とコメントしたが、安倍は略式会談の開催にも応じなかった。一方、アメリカの対北政策に呼応。北朝鮮の金正恩朝鮮労働党総書記に「前提無しの対話」を呼びかけた。

二七日午後六時三七分、大阪城の傍にあるホテルニューオータニ大阪で文大統領と在日コリアンとの懇談会が開催された。日韓関係が冷え込む中、大統領がどのようなメッセージを発するのか。およそ四〇〇人の参加者は皆、大統領の言葉、表情、一挙手一投足に注目した。

懇談会は和やかなムードで始まった。建国学校伝統芸術部による歌と舞が披露され、民族学校の児童生徒が描いた「大韓民国」という文字をデザインした肖像画が参加者の拍手を誘った。従来の権威主義的な政権では考えられない打ち解けた空気が会場に広がり、大統領は握手と記念撮影を求める参加者に囲まれる。総領事が緊張を覚えるほどの「密」だった。

この二〇一九年は在日が特別な思いを抱く三・一独立運動からちょうど一世紀だった。一九一九年三月一日、アメリカのウィルソン大統領が提唱した「民族自決」を支持し、独立を宣言しようとした宗教指導者三三人が日本の官憲に逮捕された。反発した数千人の学生や民衆がソウル（当時は京城）の中心にあるパゴダ公園に参集し、「朝鮮独立万歳」を叫んだ。朝鮮総督府は軍隊と警察で取締ったが、独立を求める声は朝鮮半島全土に拡散。そして数千人の死者、五万人近い逮捕者が出た。この運動は日本で学ぶ留学生の決起が起点となった。同年二月、東京・神田にあった朝鮮YMCA会館に集まった早稲田など約六〇〇人の学生が「朝鮮青年独立団」の名のもと、独立宣言書を採択。日本政府や朝鮮総督府、各国大使館などに送付した。韓国憲法はこの三・一独立運動に根差す「法統」の継承を謳う。

二〇一八年三月一日、文在寅は大統領として初めてソウルの西大門《ソデムン》刑務所跡地で三・一独立運動九九周年記念演説を行った。

一九四五年八月一五日の解放のその日まで一〇万余名近くがここに収監され、一〇人のうち九人が思想犯と呼ばれた独立運動家でした。

この監獄で康宗憲さんは生と死の分水嶺に立たされた。分断克服を希求し、祖国に尽くしたいと願った在日青年は祖国に虐げられ、死刑判決を受け、絶望の奈落に沈んだ。

戦争の時期にあった反人倫的な人権犯罪行為は、終わったとして蓋をされるものではありません。不幸な歴史であるほど歴史を記憶し、歴史から学ぶことだけが真の解決です。日本は人類普遍の良心で歴史の真実と正義を直視しなければなりません。日本が苦痛を加えた隣国たちと真に和解し、平和共存と繁栄の道を共に歩いていくことを願います。

日本と韓国、服従と自決、専制と民主、内戦と統一、そして記憶と忘却。西大門刑務所は「分断の焦点」である。大韓帝国末期に開所し、解放まで朝鮮半島最大の監獄だった。ここに民族自決を願い、植民地統治からの独立を求めて闘った運動家が投獄され、処刑された。韓国が独立を回復した後も南北の平和的統一、韓国民主化を求め、軍事独裁に抗った人々が収監され、虐げられた。後述するが文在寅大統領もこの監獄に囚われた過去を持つ。演説には統治される痛み、分断される悲しみ、そして未来志向の日韓関係を構築するために過去に学ぶ意志が刻まれた。

加害者は忘れられても、被害者は忘れることはできません。しかし百年が過ぎた今、韓日両国は経済、文化、人的交流など、あらゆる分野で互いに非常に重要な隣人になりました。過去数十年間、両国は相互に関わりを深め、共に競争力を高め、韓国の成長は日本の発展に役立ち、日本の成長は韓国の発展に寄与しました。私たちが克服しなければならない唯一の壁は、時折、過去の問題を未来と切り離せないことです。過去の過ちから教訓を得ることは恥ずかしいことではなく、むしろ国際社会で尊重される叡智です。

韓国は植民地となった恥ずべき歴史と、同じ民族同士で争った悲しい歴史から眼を背けず、教訓を得ようと努力しています。過去に足を引っ張られてはなりません。過去の問題は過去の問題として解決していきながら、未来志向的な発展により力を入れなければなりません。


日本への留学生が色濃く関わった独立運動から百年。民族の絆を確認する祝典会場には韓国へ留学した在日も招かれた。

メインテーブルに配席されたのは元死刑囚で在日韓国良心囚同友会・会長の李哲《イチョル》さん(70)。拷問に抗い、自らに火を放った元無期懲役囚の徐勝《ソスン》元立命館大学教授(74)。そして遠く離れたテーブルに元死刑囚の康宗憲さん(68)が座った。獄中で十三年を生き抜いた。かつてソウル大学医学部生、現在は日本の大学で教壇に立つ。

身長一六六cm。小柄だが、元陸上部のキャプテン、端正な佇まいは凛とし、背筋はいつも伸びている。穏やかな笑みを絶やさず、決して声を荒げない。握手は常に自分から。肉厚で短い指で相手の掌を包み込む。

だが、康さんには癒えることのない傷が刻まれている。今も金属バンドの腕時計ができず、腰にベルトをする時も心が疼く。監獄では手錠で二四時間拘束され、拷問で内臓が飛び出さないように保護ベルトを巻かれた過去がある。康さんや李哲さんは祖国の平和統一、民主主義の実現を願い、韓国へ渡った留学生だった。そして、死刑判決を受けた。分断国家・韓国は一九四八年の建国から八七年に民主化されるまで、軍事政権が続き、幾多の人々を北のスパイにでっち上げた。逮捕し、拷問し、生を奪った理由は大日本帝国が思想弾圧の手段として濫用した治安維持法に類する「国家保安法」違反だった。治安維持法は国体の変革や共産主義の実現を目的とする結社や行動を処罰するために一九二五年に制定された。良心を監視し、思想の自由を侵害する治安維持法は暴力と同義だった。その凄まじさは小林多喜二を虐殺した特高警察による拷問に象徴される。日本の敗戦により廃止されたが、犠牲者への補償や名誉回復はなかった。

人権蹂躙を国家に許す治安維持法は朝鮮半島にも適用され、独立運動を弾圧し、統治に反抗する人々に死刑判決を下した。解放後、日本は去ったものの、植民地統治の残滓として治安維持法は存続する。大韓民国建国直後に制定されたのが国家保安法だった。最高刑は死刑。取締りの対象は北朝鮮や共産主義を支持する行為やその兆候だった。

第一条は「反国家活動を規制することによって、国家の安全ならびに国民の生存および自由を確保する」。度重なる冤罪を引き起こし、無辜の民を死に追いやった国家保安法は今も存在する。合法的な殺人である死刑は「国家による暴力」と称される。民主主義国家において、主たる民に尽くすのは国家であり、その国家が民を断罪し抹殺する死刑制度は先進国の大半が撤廃。だが、日本、韓国・北朝鮮そしてアメリカの一部の州で存置する。

この国家と国家のあわいに生きる在日が「分断のスケープゴート」にされた。殴られ、蹴られ、抉られ、身に覚えのない「自白」を強要され、認めろと投げつけられた調書は小説のようだった。康さんも李哲さんも「北の工作員が潜伏する日本で洗脳され、南を転覆させる諜報活動を担い、協力者を募り、組織化を謀った」とされた。この「都合のいい真実」に基づいて精緻な調書が捏造された。

徐勝さんは一九四五年、京都で生まれた。東京教育大を卒業したものの、在日ゆえに日本では未来を描けなかった。韓国に留学し、ソウル大学大学院で修士課程を終えた冬休みに帰省し、七一年三月、大学助手として勤務するため金浦空港に降り立つや否や、若い男に荷物をひったくられ下宿まで車で連行された。自伝『獄中一九年　韓国政治犯のたたかい』（岩波新書）によれば、独立門近くの下宿に着くと四、五人の男が駆け寄ってきた。徐勝さんは手をねじり上げられ、頭からジャンバーを被せられる。向かった先は青瓦台（大統領官邸）に隣接する陸軍保安司令部・対共分室だった。

この組織は四八年の大韓民国・国軍創設後、国軍情報局として発足し、その後、本部特務隊、防諜隊と改名。七七年に国軍保安司令部となる。本務は軍内部での情報収集と捜査、即ち軍内部のクーデター、不正・腐敗、北朝鮮を認める不純分子の監視だった。

留学生を弾圧したのは軍だけではない。日本統治からの解放後、アメリカで独立運動に従事してきた李承晩は四八年、反共を国是とする大韓民国を樹立。この反共こそ、政敵を排除し、独裁と権力保持の論拠だった。

六一年、五・一六クーデターで権力を奪取した朴正熙《パクチョンヒ》が「反共の砦」として創設したのが大韓民国中央情報部・ＫＣＩＡ（Korean Central Intelligence Agency）だった。保安司令部とこのＫＣＩＡに加え、警察の対共局が韓国の三大情報機関として思想検閲を実施。南北の平和的統一や民主化を求める動きを徹底的に摘発する。軍のみならず民間人も標的にされ、「情報恐怖政治の凶器」と怖れられた。

徐勝さんを迎えたのは丸刈りで長身、蛇のように酷薄な目の男だった。

「何故捕らえるのか、逮捕令状はどこだ」と問うと、男は
「スパイに令状はいらん、すぐ殺せる」と言い放ち、部下に連行を命じた。

徐勝さんは後に「学園浸透スパイ団事件」と呼ばれる事件の首謀者の嫌疑をかけられ、国家保安法違反容疑で調べられる。素っ裸にされ、ベルト無しの軍服に着替えさせられ、尋問室に入れられた。三方の壁と扉は防音のために汚れた緑のクッションで覆われ、一方は先が真っ暗で見通せない監視窓。この密室で徐勝さんは殴られ、気を失いそうになると、棍棒で殴られた。隣の地下尋問室でも人間のものとは思えない悲鳴が響き渡る。「スパイであると認めろ」と尋問され、幾日過ぎても、眠らせてもらえない。疲労は極限に達し、棍棒を避ける事しか考えられなくなってゆく。独房に移された後も暴力による洗脳は終わらない。全身を縛られ、蹴られ、殴られる。痛みに耐えられず冷たいセメントの床を転げまわり、「いっそ殺してくれ」と哀願した。苦痛と恐怖によって、体裁も自尊心も消え失せ、命乞いより死を願った。そして不条理を嘆く暇もないまま、第一審で死刑を宣告された。

逮捕されたのは自分だけではなかった。韓国留学中の弟も捕らえられ、拷問を受けていた。この年、韓国は大統領選挙を迎える。朴正煕に挑むのは反独裁、民主化闘争の旗手・金大中《キムデジュン》だった。朴は自らが制定した憲法を変え、終身大統領への道筋をつけよう画策。反発する韓国市民は護憲と軍事独裁の終結を求め、立ち上がる。四月一八日、金大中はソウル市内で遊説し、一〇〇万人を超える群衆に囲まれる。「独裁打破」

「永久執権反対」のスローガンが市内各地で響く中、機動隊が出動。催涙弾が飛び交う熾烈な攻防戦が繰り広げられる。

徐勝さんは死刑を宣告されてもスパイ容疑を認めなかった。再び尋問を受けると容疑が増えていた。これまでの「北のスパイとして、大学で地下組織を作り、政府打倒を目論んだこと」に加え、後に大統領になる金大中に北からの資金を届けたという疑いだった。認めれば金大中に容共の烙印が押され、失脚するシナリオだった。拷問に怯える徐勝さんに迫られた答えの出せない選択。容疑を認める事は祖国統一を願い、大河のごとく大量の血を流しながらも民主化を目指す学生運動に打撃を与えることになる。

徐勝さんが選んだのが自死だった。尋問官や警備兵が喫煙で席を外した一瞬、チョロチョロ燃えているストーブが目に入った。一八リットルの軽油タンクからビニールパイプがつながっている。すぐに上着を脱ぎ、タンクを持ち上げ、頭から浴びた。マッチやライターは見当たらず、机の上の調書を一枚とり、細長く丸めてストーブの火を点け、腹部にかざした。炎はなかなか燃え上がらない。警備兵が戻れば、もっと恐ろしい拷問が待っている。

焦燥と恐怖で全身が震える中、炎を指先にかざし、肘から肩へとゆっくり燃え広がるのを待った。激痛が全身を貫いたが、叫び声をあげる訳にはいかない。必死に悲鳴をこらえたものの、炎が顔に移ると「ヒーヒー」と悲鳴が喉から噴き出す。床を転がると警備兵が駆け込んできた。慌てふためき、防火用水のバケツで水を浴びせる。しかし炎はゴーゴーと余計勢いを増す。警備兵は助けを求めて部屋を飛び出し、徐勝さんは床をのたうち回り、扉から外へ飛び出した。

集まった兵士が砂や毛布で鎮火したが、指を失った。顔は焼けただれ、一か月生死を彷徨った。九〇年に釈放されるまで、一九年間、非転向政治犯として囚われた。

李哲さんもこの「学園浸透スパイ団事件」で死刑判決を受けた。四八年、熊本で生まれ、「チョウセンジン」と馬鹿にされた。勉強だけが自尊心の寄る辺だった。中央大学に進み、在日が祖国について学ぶコリア文化研究会に入ったものの、「一体、自分は何者なのか」と悩みは深まっていった。自己の尊厳を回復し、確立する手掛かりを朝鮮民族としての自覚に求めた。漂白の日々を詩「旅程」に刻み付けた。

「我生きんと欲すれど」（詩・李哲）

我生きんと欲すれど
我生きし道のありやなしや
だれが知る　この胸の模索
だれが聞く　わが臨終の声

我生きんと欲すれど
我生きし道のありやなしや

ひとりして誉めし浮世の
かなしさ　はかなさ

我生きんと欲すれど
我生きし道のありやなしや

李哲さんは民族の言葉、歴史、文化を身に着けたいと韓国留学を決意する。

高麗大学大学院政治外交学科に入学。日本から来た留学生と恋愛し、結婚式を目前に控えた七五年一二月一一日、突然、ＫＣＩＡに連行された。婚約者も拘束され、引き裂かれた。熊本にいた父はショックから喀血して逝去する。捜査官は「北朝鮮に行ったことがあるだろう」、「北から来た〇〇に会ったはずだ」と責め立てた。知らないと答えると容赦ない殴打が始まった。あまりの苦痛から逃れようと舌をかんで自殺を図った。流血の最中、死を意識した時、脳裏をよぎったのは婚約者だった。一瞬の揺らぎを捜査官は見逃さない。すかさず「協力すれば出してやる。在日の協力者を連れてくれば大学生活に戻してやる。結婚したいだろう」と懐柔した。否定すると「お前が見ている前で婚約者を裸にして拷問する」と脅した。李哲さんは絶えられず、平壌に行ったと「自白」。だが婚約者は拘留されたままで、第一審では共に法廷に立たされた。判決は死刑、婚約者も懲役六年が告げられた。この瞬間、我に返った。

「真実を明らかにせずして死ねるか」との覚悟が澎湃と込み上げた。獄中では一日一日が死との闘いだった。七九年、明け方の点呼前に突然、刑務官から呼び出され「お前だけでてこい」と告げられる。「終に来た……」直観的に死刑執行だと受け取り、同じ獄中の死刑囚、康宗憲さんを一目見ようと思い立った。血の気のない李哲さんの顔を見た康さんは思わず「どこに行くのか」と尋ねる。「わからない」としか答えられなかった。言葉を継ぐ暇もなく、刑務官に刑場につながる通路に連れ出され、行けと命じられた。一歩一歩、死につながる小径。気を失いかけた時、小径は処刑場と事務室へと分かれた。生と死の分岐路。たまらず「どちらに行くのですか」と声を上げた。

待っていたのは福音だった。「無期減刑だ。手錠を外す」。

その後、監獄に一〇年以上囚われた。恩赦で出所後、ずっと待っていてくれた婚約者と結婚。日本に戻った後、無実の在日韓国人留学生を救おうと良心囚同友会を結成。主に関西で活動を続けている。

康宗憲さんは軍事独裁に苦しむ祖国の人々に寄り添いたいとソウル大学医学部に留学した。北のスパイ容疑で逮捕され、肌が真っ黒になるまで殴打され、全身が倍以上に腫れた。死刑を宣告され、収監された刑務所には奇しくも文在寅がいた。文と康さん、両親は共に故郷を去り、二人は異郷で育つ。共に祖国の民主化を求め、逮捕される。だが運命の分岐点は二人の人生を一八〇度変えた。文は出所が認められ、後に弁護士になる。民主化に身を投じ、大統領に就任。一方、康さんは死刑を宣告され、幽閉される。死と隣り合わせの一三年の日々、後の大統領、金大中とも一瞬、すれ違っている。

出獄したのは三七歳。青春は過ぎ去り、医師への道は断たれた。だが、信念は揺るがなかった。帰国後、五一歳で大学院に進み、国際政治を専攻。博士号を取得し、大学講師として祖国の平和的統一を研究する。金大中の自伝を翻訳し、弾圧された在日政治犯を救おうと良心囚同友会に参加した。

座右の銘は「行動する良心」。傷つくことを恐れず、現実と格闘する。康さんは民主化後、在日で初めて韓国国会議員選挙に出馬。だが、壮絶な逆風にさらされる、日本でも韓国でも容赦ない誹謗中傷を受け落選。所属政党も解散に追い込まれた。だが、それでも、信念は揺るがない。三〇年以上の歳月をかけて国家の罪に挑み、再審請求で無罪判決を勝ち取った。不撓不屈の「行動する良心」。この韓国現代史を体現する康さんの歩みは後ほど詳しく伝える。

この康さんらが巻き込まれた「学園浸透スパイ団事件」は一九七五年一一月二二日の一斉検挙にちなみ、11・22事件とも呼ばれる。人生を奪われた被害者は自身を「良心囚」と称する。韓国憲法も「良心の自由」を認めるが、この「良心」には生を賭して軍事独裁に抗い、民主化闘争を牽引した金大中が掲げた「行動する良心」を受け継ぐ覚悟が込められている。金大中は一九二四年、韓国の南西にある港町・木浦からさらに三〇㎞以上離れた孤島で育つ。商業学校を卒業後に朝鮮戦争が勃発。北に捕らえられたが脱走し、一命を取り留めた。国会議員に挑戦するも落選。六一年に初当選したが、朴正熙《パクチョンヒ》による軍事クーデターにより無効とされる。七一年に大統領選に出馬し四六％の票を獲得したが落選、この後、少なくとも五度、死線を超えかける。車で移動中にトラックに突っ込まれ、歩行が困難になった。東京でＫＣＩＡに拉致され、殺害されかかった。軍事政権転覆の首謀者とされ死刑判決を受けるなど、波乱に満ちた半生を経て、九八年に第十五代韓国大統領に就任。アジア通貨危機の余波で経済危機に直面し、新自由主義を受け入れざるをえず、過度の格差、競争社会も招いた。一方、統一を目指し、南北会談を実現。ノーベル平和賞を受けた。韓国では「良心」は「かけがえのない個人であること」を証《あかし》する。この、個人が個人である礎こそ「自由」ではなかろうか。精神、身体、経済の自由を国家に奪われた奴隷ではなく、自由に思考し、選択し、行動し、表現する営為が人を「個人」たらしめる。

北のスパイとされた冤罪の犠牲者は自由を奪われた。国家に棄てられた苦しみは終わらず、傷は癒えない。その数、三〇〇人とも、四〇〇人とも言われるが、実相は未だ歴史の襞に沈潜したままである。精神を破壊された人、健康を奪われた人、人間不信になり社会との関わりを断たれた人は未だ沈黙を続ける。国家の犯罪。その犠牲者は良心囚だけではない。スパイを生んだ一家と虐げられ、親族への咎を恐れ、息を潜めるように生きる家族がいる。韓国大統領と在日の懇談会に参列した良心囚は息を呑んで文在寅の言葉を待った。

文大統領の演説は来場者への感謝の辞に始まった。在日韓国人を励ますスピーチが続き、十分ほど経った時、カイロスが訪れた。

「同胞のみなさんが祖国の発展に誇りを持てるように努めます」

会場は違和感に覆われた。困惑の波紋が細波になり、波浪と化し、渦巻いた。大統領が誰に向けて、話しているのか、参加者の大半が訝しんだ。だが、康さんは共振し、李哲さんは共鳴し、良心囚は共感した。

「在日同胞の皆さんは、経済発展の力強いよりどころとなってくださっただけでなく、大韓民国の民主化においても犠牲と献身をもって共にしてくださいました。

軍部独裁の時代に多くの在日同胞青年たちが公安統治のために捏造されたスパイ事件の被害者になりました。今年の初めまでに高裁で三四人の無罪が宣告されました。再審では無罪判決が続き、民主化の功労者として認められはしましたが、心の深い傷を癒やし、奪われた時間を取り戻すには、あまりにも不足しています」


逮捕から四四年。蘇る受難の日々。

時間の裂け目と破断した空間。


康さんに言葉にならない思いがこみ上げる。国家が弾圧し、拷問し、死刑を宣告し、棄て去った人々への国家による謝罪。国家に尊厳や思想、未来を奪われた人々は生き抜くことだけが抗いだった。分断さえなければ国家に弾圧されることはなかった。分断を乗り越えようと死を省みず国家と対峙した幾多の個人が刑場の露と消えた。今更、謝罪を受け入れ、赦し、和解できるのだろうか。

この謝罪の直後、大統領は朝鮮半島を分断する三八度線に向かった。六月三〇日、軍事境界線にある板門店でトランプ大統領と金正恩による三回目の首脳会談が行われた。文在寅も合流し、史上初めて、韓国、北朝鮮、アメリカの首脳が同じ場所、同じ時間に集った。文在寅は会談後、「トランプ大統領の大胆な提案で歴史的な出会いが成り立った。今日の出会いを通じ、朝鮮半島の完全な非核化と恒久的な平和を構築するためのプロセスが大きなヤマ場を越えたと考える。全世界と南北の民族に大きな希望を与えた」と述べた。高まる分断克服への期待。季哲さんが支援者へ届けた感謝の言葉を紹介する。

長い間支援してくださった皆様、友人の皆様。素晴らしいお知らせができることを、本当に嬉しく思います。大阪に来られた文在寅大統領は、在日同胞スパイ捏造事件の被害者に対して、大統領として、国家を代表して、謝罪の言葉を述べてくれました。そして「事件の真相を究明し、被害者の心の傷を癒すために努力していく」と約束してくれました。私たちは歴史的な言葉を、心の底からこみ上げる熱い感慨をもって受けとめたく思います。スパイ事件が捏造されてから四〇数年が経ち、亡くなられた方々も多く、あまりにも時が流れました。しかし長年、願い望んできた国家としての、慰労に満ちた謝罪を、私たちは震える胸の高鳴りの中で聴きました。軍事独裁時代の不当裁判のやり直しを求め、初の再審無罪がでました。胸が熱くなり、まるで夢を見ているかのようでした。

大統領の謝罪。この日は韓国でもD-dayになった。ソウル高裁は九年間服役した在日コリアン、鄭勝淵さん（81）に再審無罪判決を出す。鄭さんは一九七二年、北のスパイとされ、逮捕状もないまま一年近く不法監禁された。高裁は嫌疑自体が捏造だったと断じた。この日、国会議員会館でも「国連・国際拷問被害者支援デー」記念行事も開かれた。良心囚同友会も招かれ、ハンギョレ新聞が詳報した。だが、D-day

の陰で分断の犠牲者がまた一人、命を落とした。
　誰にも看取られず、息を引き取ったのは在日コリアン、金勝考さん。享年七〇歳。拷問で精神疾患を抱え、社会生活もままならぬまま、人生の再生途上に旅立った。康さんは京都の自宅近くに暮らす金さんを支えてきた。葬儀に駆け付けるとＫＣＩＡの後身、国家情報院のＴＯＰ、朴智元《パクチウォン》からの弔花が届けられていた。朴智元はかつて金大中の側近だった。この弔花は韓国の捜査権力が初めて被害者に示す哀悼と謝罪だった。国情院は共同通信の取材に対し「過去を反省し、こうしたことが繰り返されないようにとの思いと、故人への哀悼を示すため」と説明したという。康さんは落胆し、憤った。

　ＫＣＩＡは人の人生を奪い、精神も尊厳も破壊した。それなのに、お詫びが花だけですか。様々な自由、人間としての権利が奪われた。国家の弔いは遅すぎた。戻ることのない、かけがえのない時間を国家が真に補償することはできません。

　金さんは立命館大を卒業後、韓国の最高学府、ソウル大に進む。七四年五月三日、突然連行されたこの日は拷問を許さない日本の憲法記念日だった。違法監禁は一九日間。丸裸にされ、失神するまで殴られ、氷が浮かんだ水桶に投げ込まれ、窒息寸前まで頭を押さえつけられた。指先にむき出しの電気コードを巻かれ、心臓停止寸前までショックを与えられた。拷問を逃れるには自白しかなかった。
「日本で北の手先である朝鮮総連に接触し、韓国留学中に政府転覆を扇動せよとの指令を受けた」と自白するまで拷問は続いた。裁判で言い渡されたのは国家保安法違反による懲役一二年。この時、金さんの尊厳は「破壊」されていた。金さんと同じ刑務所に収監された元受刑者は「金さんは国家に棄てられた」と話す。

獄中で金さんは徘徊し、排泄物の処理もできなかった。周囲から北のスパイと蔑まれた。日常生活ができないのに、当局は一切、保護措置を取らずに放置。政治犯には死か、廃人になることを要請されていた。

金さんは仮釈放され、日本に戻ったものの二一年間、精神病院に入院。退院後、社会生活を営むことはできなかった。康さんは頻繁に見舞い、再審請求を手伝った。そして二〇一八年、再審無罪を勝ち取る。ほぼ半世紀ぶりの名誉回復。だが、本人はその意義も、意味も、理解できなかった。康さんは「金さんは分断の犠牲になった」と振り返る。

軍事政権を率いた全斗煥《チョンドゥファン》は一九七九年の朴正熙暗殺事件を契機に実権を掌握。戒厳令を公布した。反発した光州の市民は民主化要求デモを展開、だが全斗煥は武力で幾多の市民を虐殺する「光州事件」をひき起こす。そしてスパイの摘発を推し進めた。

公安機関幹部に「北のスパイが来てこそ公安機関は戦果を上げ、栄誉を授けられる機会を得る」と発言。スパイ捏造と逮捕の自作自演を政権の「成果」と位置付けた。こうしてKCIA、国軍、そして警察が照準したのが在日留学生だった。なぜ在日だったのか。その理由は、「朝鮮総連と韓国民団が共に存在する日本で育った在日が、日本でスパイになった『事実』の立証は裁判で求められない」からだった。

金さんは忌まわしい記憶を封印した。話しかけられると、「再び連行される」と怯え、口を閉ざし、引きこもった。韓国の放送記者チェ・スンホはドキュメンタリー『スパイネーション、自白』でKCIAの系譜を継ぐ公安・情報機関、国家情報院によるスパイ捏造事件の真相に迫り、金さんも取材を受けている。スクリーンに映し出されるのは会話が成立せず、怯えるように虚空を漂う眼差し。周囲の呼びかけは届かず、長い沈黙は拷問後の四〇年を雄弁に物語った。康さんに伝えたのも「怖い、怖い、韓国、怖い」との消え入るような呟きだけだった。在日韓国人良心囚同友会の調べ等によると、七〇~八〇年代に在日や渡日経験のある韓国人で北のスパイ容疑で服役した人は一六〇人にのぼる。だが、沈黙を強いられ続ける「声なき声」は未だ、分断の深淵に沈潜したままである。

国家が歴史を書き換えたとしても、国家に虐げられ、無きものとされた個人の記憶は消えることなく漂い続ける。一体、国家の罪はどのように捏造され、歴史の闇に葬られたのだろうか。国家は過ちを認め、過去を清算し、犠牲者の尊厳を回復できるのだろうか。真実は究明され、和解と赦しは実現されるのだろうか。問いは問いを引き寄せる。

筆者と康さんの出会いは二〇〇六年に遡る。当時、民放の記者だった筆者はラジオドキュメンタリー『獄中13年』を制作した。当時、康さんは五五歳。それから月日は流れ二〇二一年に七〇歳を迎えた。本書は康さんへのインタビューを重ねた一五年の記録であり、生を賭して国家の罪に抗った死刑囚の記憶である。

在日コリアンは幾多の分断を背負わされてきた。

北と南、朝鮮半島と日本、日本と在日、在日における北と南。

朝鮮半島で生まれた一世と日本で育った二世・三世、そして韓国と在日……。

国家の割れ目で破断された民族が生み出す数えきれない犠牲。

この分断を克服しようと行動する不屈の「良心」。

私たちはこの苦難に満ちた分断の先にどのような未来を描けるのだろうか。韓国現代史を体現する康さんの歩みを見つめた。

（注）本記での呼称、年齢などは取材当時のままとし、公人の敬称は略しました。文中に在日コリアン、在日韓国人等の表記が混在しますが、康さん達の願いは統一されたコリアです。分断を前提とする在日韓国人、在日朝鮮人ではなく、在日コリアンを優先しました。また、上線のある記述は資料・手紙・公式声明からの引用を意味します。ラジオドキュメンタリー『獄中13年』の取材・放送の翌年、康宗憲さんは自伝・『死刑囚から教壇へ　私が体験した韓国現代史』（角川学芸出版、２００９）を刊行しました。筆者が取材し、執筆した本書でも康さんの信念、メッセージを届けたく、本書の一部、主に（「交わらない『赤』と『黄』―獄中の民主化闘争」など）獄中の記載において、康さんの自伝と重複する内容が含まれることを予めお断りします。

見果てぬ故郷

「康《カン》さん、日本と韓国から存在を否定された康さんに祖国や故郷はあるんですか」
凍てつくソウルの西大門刑務所跡地で筆者は聞いた。

祖国、故郷……、人間には自分ではどうしようもできないことがあります。肌の色、両親、国籍や民族。まして祖国の分断や、独裁を望む人などいないでしょう。答えの出ない問いをアポリアと言う。故郷は私にとって永遠のアポリアですね。

葉が落ちた漆黒のポプラの木が、泣きだしそうな曇天を衝く。岩肌をむき出しにした峰々から霙交じりの烈風が吹き付け、小枝が吹き飛ぶ。統治と独立、隷属と抵抗に引き裂かれた幾多の人々がこの木の下で生を終えた。死刑囚として過ごしたかつての監獄。康さんは、無言で刑場跡地を逍遥した。半時間後、一語一語かみしめるように、静かに、言葉を紡いだ。

ふるさとは遠きにありて　思うもの　そして悲しくうたうもの　よしやうらぶれて異土の乞食となるとても　帰るところにあるまじや……。あまり覚えていませんが、故郷は心の中にしか存在しない理想でしょうか。統一された朝鮮半島こそ故郷です。

金沢で私生児として生まれ、両親の顔を見ることなく育った詩人・室生犀星「小景異情」の詩句だった。

死刑判決は未来と希望を奪った。暗い夜がいつか明け、明日が来るとの願いは手放すしかなかった。康さんが青春を捧げた祖国が故郷になる日は来るのだろうか。そもそも国家とは何だろうか。国民にとって国家とは自らが帰属し、生き、拠って立つアイデンティティの基盤である。フランスの啓蒙思想家ルソーやイギリスの哲学者ロックは「国家は、国家を構成する国民相互間の自由意志に基づく契約によって成立する」と社会契約説を唱えた。国民は納税や勤労の義務を担う代わりに国家は国民を守る。しかし、在日留学生を弾圧したのは国家だった。

在日にとって日本は生まれ育った母国。朝鮮半島は祖先が生を受け継いできた祖国。だが、在日死刑囚の寄る辺となる故郷は見果てぬ夢だった。

在日を守るのは韓国でも北朝鮮でも、まして日本でもありません。私たちを保護する故郷はないのです。母国では差別され、蔑まれ、祖国ではスパイにされ、死を言い渡される。市民は助けてくれたけれど……。私たち（良心囚）にとって統一された朝鮮半島が故郷です。一方が他方を吸収した東西ドイツではなく、戦争で成し遂げられた南北ベトナムでもなく、民主的に統一された平和な朝鮮半島こそが故国です。非現実的な夢と笑われるかも知れないけれど、その見果てぬ夢に生涯を捧げました。韓国の民主化には夥しい命が消えた。統一を求めた幾多の青年が死んだ。その犠牲を無駄にしてはならないし、自分の青春に、一点の悔いもありません。


分断は個人の内心にも楔を打ち込む。

祖国と故郷、良心と屈服、理想と現実、生と死、記憶と忘却、恩讐と和解。そして沈黙と行動。

平和統一された故郷を願う元死刑囚。その行路には躓きの石が敷き詰められていた

CARPE DIEM──今を生きる

「序詩」（尹東柱）

死ぬ日まで空を仰ぎ一点の恥辱なきことを、
葉あいにそよぐ風にも私は心痛んだ。
星をうたう心で生きとし生けるものを愛おしまねば
そしてわたしに与えられた道を歩みゆかねば。
今宵も星が風に吹き晒らされる。

遅咲きの大学講師である康さんが講義の度に立ち寄る詩碑がある。京都の同志社大学今出川キャンパス。レンガ造りの瀟洒な礼拝堂の脇に詩人・尹東柱《ユンドンジュ》の詩が遺されている。飾られているのは大人の掌ほどの大きさの日本と韓国の国旗。蝉の鳴く季節には薄桃色の花びらの中心が深紅に染まる木槿の花が手向けられる。建立したのは同志社校友会コリアクラブ。阪神淡路大震災から一か月後に設置した。康さんは尹の生き様に励まされてきたと言う。

朝鮮民族なら尹東柱を知らない人はいません。民主化運動の拠点になった延世大学には記念館がありますし、私と監獄で出会い、命がけで支えてくれた文益煥《ムンイッカン》牧師の幼馴染です。民族の詩人と私を比べるなどおこがましいのですが、外地から内地に留学し、治安維持法違反に問われ、二七歳で獄死しました。

韓国に留学し、国家保安法違反で死刑囚になった私に重なる思いもあります。死ぬ日まで恥じることなく生きているか、この詩は身を切られるような切実さを持って私に迫ります。

尹東柱は一九一七年、後の満州国に組み込まれる間島で生まれた。今の延世大学で学び、四二年に玄界灘を渡る。立教大学で学んだ後、同志社大学文学部に編入。四三年七月、母国語・ハングルで詩を書いたことを理由に、従兄弟の京大生・宋夢奎《ソンモンギュ》と共に下鴨警察署に連行された。容疑は民族独立運動への参加だった。裁判の結果、二人とも治安維持法違反で懲役刑を宣告される。この思想・良心を弾圧した治安維持法によって特高は苛烈な拷問を繰り返し、虐殺や獄死の義死者は「内地」だけで一七〇〇人に達する。日本の敗戦を機に廃止されたものの、韓国では同法をモデルとして国家保安法がつくられたと言われる。尹はその後、福岡刑務所に投獄され、終戦間際の四五年二月一六日未明に獄中死した。息を引き取る寸前、看守には意味不明だったが、ひと言、母国語で、叫んだと言う。

尹を慕う康さんは五六歳の時、博士号を授与された。以後、非常勤講師を務め、北東アジアの安全保障や日米関係、平和学を教えている。週末は市民向けの講演で日本各地を訪問する。

アンニョンハシムニカ。こんにちわ。カンジョンホンです。今日は「韓国に出会う姫路市民の集い」に招いて頂き、ありがとうございます。光栄に思います。市民の立場でできる事は、歴史に正直に向き合う事ではないかなと思います。

歴史には栄光もあれば、誤謬もあります。自分の国や民族に対して誇りを持ちたいという気持ちは当然ですから、光の部分を見がちです。

でもあえて闇にも目を向ける勇気、向き合う事が大切だと思います。それは自分以外の隣人、他者への思いやりですね。自分の周りにいる人たちがどのような痛みを持っているのか、その痛みに触れる事、それを受け止める事、心の姿勢だと思いますね。それを欠いてしまうとギクシャクします。人間関係もそうですけど、国と国との関係も変わりません。

講演で自分の過去は語らず、主語はいつも市民だ。訴えかけるのは感情ではなく理性。重いテーマであればあるほど、口調は穏やかになり、静かに、訥々と、言葉を紡ぐ。

七〇歳になり、残された時間を意識するようになった。起床は四時半。韓国、北朝鮮の報道を確認し、専門書を紐解く。翻訳し、論文を書く。連続して研究に取り組めるのは三時間程。手錠をされた生活によって痛めた腰と肩に鈍痛がはしる。還暦を過ぎてからヘルニアが悪化、痛みで歩行をためらう日が確実に増えている。それでも獄中で一刻、一刻と医者になる夢を奪われた康さんにとって、学びは何よりの喜びだと言う。

学びはかけがえのない宝物です。教員になり教える立場になりましたが、私が伝えたいのは拷問ではありません。私の経歴からすれば、軍事独裁が行った禍々しい弾圧や、私を破壊した死の恐怖を語る方が、関心を引くかもしれません。実際にマスコミは扇情的に取り上げました。でも、感情に訴えてはなりません。理性に語りかけねば、おもいは届きません。

今はPOST TRUTHの時代。真実より感情が優先される。事実より、FAKEであっても感情に訴えるものが、影響力を持つ。大切なのは歴史です。過去は現在の基礎となり、過去を知ることで未来を描ける。日本も韓国も負の歴史から学ぶことで前に進む。自国の罪を知るのは痛みを伴います。でも自虐史観ではなく自省史観こそ、必要ではないでしょうか。

康さんの何よりの楽しみであり、生き甲斐を感じるのが家族団欒。監獄では幾度も結婚や子育ての夢を見た。家族を持つことは何よりの願いだった。康さんは出獄後、三九歳で結婚。京都生まれの妻も在日二世。仕事をつづけながら康さんを支えてきた。一男二女を授かり、嵐山を望む松尾大社の傍に居を構えた。子育ては一段落し、長女ヤンヒさんはイギリス留学を経て外資企業に勤め、長男チャンウさんは音楽の道に進んだ。次女ジュヒさんは空港のグランドスタッフになったが、コロナ禍を機に次に進むべき道を探している。康さんは子どもの話になると目じりが下がり、相好が崩れる。一〇年前、子どもたちが独立する前に筆者がお邪魔した自宅の一コマを紹介する。

〈大きな笑い声が響いてますね〉

高校三年の長女、高校一年の長男、小学六年の次女です。まあ、がさつな所ありますけど、元気ならいいかと思いますね。やっぱり……あの中にいる時はそういう人間らしい生活というのは目標でもあるし、憧れでもあって、結婚して家庭を持つのも夢でもあったし、それが生きのび、もう一度人間らしい生活を取り戻すという意味でもね。一つの、やっぱり、希望でもあり、望みだったかなという感じです。

おーい、お客さんやで、きちんと挨拶しいや。あんたら紅茶飲むか?

〈よくお茶淹れるんですか――〉

ええ、毎朝家族にコーヒーを淹れ、娘がココア欲しいといったらココア入れて、息子がお茶と言えばお茶を淹れ、色々ですよ。

〈かわいいお子さんですね〉

いえいえ、生意気ですよ。かわいいのは奥さんだけです。

奥さん：あなたが来られたから、あんなこと言いはるんです。でも、ありがとうございます。ちょっとうれしいわ。カムサハムニダ。

〈奥さん、康さんはどんなご主人ですか――〉

奥さん：そうですね、今まで大きなケンカしたことないですね、怒鳴りあったことないですし、苦労してきたからか、人に対しては寛容ですね。褒めすぎかな。でも、大抵の事は受け入れてくれますね。

〈康さんにとって家族との時間の意味とは〉

いや……それはね、今、現在、私が生きていることの実感ですよね。奥さんがいて、子どもがいてくれる。親は過去かもしれないけれど、子どもには未来がある。毎日、生きていることを確認させてくれるかけがえのない時間を与えてもらっています。怠けたり、生意気言ったりしますけど。

康さんは永らく我が子に自らの過去を伝えようとはしなかった。子どもたちの二つの祖国、日本も韓国も嫌いになってほしくないとの思いからだった。話すようになったきっかけは入浴中、長男が恐る恐る発した一言だった。「アッパ、僕、アッパが牢屋で一三年も過ごしたって小学校で聞いたけど、ほんまなん、どんな悪い事したん?」。康さんの講演を聞いた同級生の家族から伝わったようだった。この日を境に康さんは少しずつ伝えるようになる。当時、大学受験を控えていた長女に聞いた。

信じられへんかったですね。ほんまに。韓国って祖父と祖母が生まれ育ったところ。私も高校まで民族教育を受けたけど、韓国の軍事独裁なんて一切習っていない。高校でも日本の植民地統治や朝鮮人弾圧、差別や職業選択の自由のない、息苦しい在日の若者の日々……、そんな時代があったこと知らなかったし、教わらなかった。でもこれから耐えられるかな、父の経験を知らないままでいることに……。

長男は高校に入学したばかり。勉強そっちのけでテニス部の練習に打ち込み、インターハイを目指していた。真っ黒に日焼けした顔で話してくれた。

まず、まず僕やったら無理、無理、無理。一三年も牢屋にいたら、発狂するわ。耐えられへん。ようやったなと思いましたね。だって、やりたい事一杯の時期でしょ。恋愛だって、お酒飲んだり、遊んだり、挑戦して失敗して色々試す頃ちゃうのかな。僕はまだ解らんけど、おしゃれとか楽しみがなんにもないんやろ。やっぱ、俺やったら発狂するわ。

小学生だった次女には聞かなかった。

子ども達が耐えられないと言う過去、知らされない歴史とはどのようなものだったのか。

帰郷

お墓はありません。済州島から日本に渡った父もお墓を建てませんでした。若くして心の均衡を失くした父の遺言が、故郷の海に還して欲しい……。だから五年前に娘と妻と父の故郷に向かい、父が愛した小島で散骨しました。

康さんの父は日本統治下の済州島で育った。大阪と済州島の関係は深く、一九二〇年代から定期連絡船「靖国丸」が就航する。当時、島民は連絡船をこう歌った。

何を恨もか　国さえ滅ぶ
家の滅ぶに　ふしぎはない
運ぶばかりで　帰しちゃくれぬ
連絡船は地獄船

この時期、半島から内地への朝鮮人渡航者は毎年約二〜六万人ずつ増加し、三〇年代前半に五〇万人を突破。このころまでに「在日社会」が形づくられた。さらに三七年に勃発した日中戦争に際し、日本政府は国家総動員法を発令。朝鮮人の兵士や労働者の動員が本格化した。大阪で生活する朝鮮半島出身者は増加の一途をたどり、一九四二年には四一万人に達した。父も一九四四年、一五歳で故郷を去り、玄海灘を超えて「内地」に向かった。そして帰るべき故郷を喪失し、在日一世になった。

済州島は朝鮮半島の南西にある韓国最大の火山島だ。大きさは大阪府とほぼ同じ、東西に長い楕円形で中央に韓国最高峰・漢拏山（標高一九五〇m）が聳える。山岳は朝鮮民族の聖地である。文在寅は二〇一八年、南北首脳会談成功を願って漢拏山に登り、金正恩は朝鮮半島最高峰・白頭山で文を迎え、二人は山頂で祖国統一を祈願した。神々の山嶺が見守る済州島は放牧や海女によるアワビ漁が盛んな自然と共生する島だが、日本統治下期、日本軍に沖縄陥落後の決戦拠点に位置付けられ、特攻基地が設置された。

日本の敗戦で統治が終結しても戦後は訪れず、朝鮮半島は分断に支配される。その際たる分断の現場こそ済州島だった。

全島民が巻き込まれ、住民同士が殺し合う分断の悲劇「済州島四・三事件」である。

第二次大戦後、朝鮮半島は米ソ冷戦の最前線と化した。一九四五年八月一五日、日本は米英中三か国によるポツダム宣言を受諾し、無条件降伏した。この八月一五日は終わりではなく、始まりだった。朝鮮半島では日本の敗北により独立への気運が勃興するが、八月二四日、ソ連軍は平壌に、九月九日にアメリカ軍はソウルに進駐。こうして北緯三八度に分断線が引かれる。

南朝鮮は米軍政下におかれ、北を排除した単独選挙を計画する。南北分断が決定的になることを懸念した島民は一九四八年四月三日に蜂起を決行。この動きに対し、米軍政は後の韓国警察軍と，右翼武装団体、西北青年会を派遣。武力で徹底的に封じ込めをはかった。

同年八月一五日、大韓民国樹立が宣布され、翌月、北では朝鮮民主主義人民共和国も樹立を宣言。初代韓国大統領・李承晩は反共親米政策を推進し、対立は深まってゆく。そして済州島が南北分断の最前線の一つとなる。島全土に戒厳令が発令され、韓国軍は民衆蜂起を弾圧する「焦土化作戦」を本格化させた。艦船で島を包囲した上で海辺から山に向かって次々に村を殲滅し、漢拏山に避難した島民を斬殺した。一〇月、李承晩は「国家保安法」を公布。大量虐殺は悲惨を極める。内戦は七年余り続き、ほぼ全ての島民が巻き込まれ、島民の六人に一人と言われる三万人以上が殺戮された。この四・三事件で日本に逃れた人も多く、済州島出身の在日は一〇万人を超える。

事件の公的な位置づけは今も定まらない。国家への反逆か、分断への抗争か、名称も決まらない。歴史にもならず、タブーとされてきた。民主化後に追悼施設が造られ、盧武鉉は大統領として初めて犠牲者に謝罪を述べたが、慰霊のモニュメントは白碑のままである。

この時期、世界は冷戦構造に組み込まれる。北東アジアも米ソの代理戦争の最前線と化し、幾多の分断線が刻まれる。朝鮮半島を南北に引き裂く北緯三八度線、アメリカが統治する沖縄と日本本土を隔てる北緯二九度線、フランスやアメリカが参戦したベトナムを南北に二分する北緯一七度線が設けられた。

ヨーロッパも「鉄のカーテン」によって東西に分断され、ナチスが率いたドイツも一九四九年、ドイツ連邦共和国（西ドイツ）とドイツ民主共和国（東ドイツ）に分かれた。かつての首都ベルリンは共産主義の赤い海に浮かぶ孤島になり、一九六一年、後に「恥辱の壁」と呼ばれる全長一五五㎞のベルリンの壁が造られ、市民を、街を、引き裂いた。二八年以上存続した分断の壁を超えようとして殺された犠牲者は判明しているだけで一三六名に及ぶ。

康さんは分断を生きた在日一世である父の故郷を七二年、留学中に初めて訪問した。目指したのは島の南端、西帰浦《ソギポ》にある父の生家だった。海辺にあった父の実家は、今にも崩れ落ちそうだった。そこから虎島という無人島に向かった。故郷を失くし異郷に生きた父が「泳いで渡ったんだ」と繰り返し自慢した島を一目見たかった。


最初に行ってから四三年後に再訪しました。父の遺骨と共に。夏が来ると父はしきりに海に行きたがりました。故郷を去った父にとって、海と潮の香りがそのまま、懐かしい故郷に繋がったのでしょう。父には随分心配をかけました。死刑囚になり拘置所にいた頃、何度も訪ねてきてくれました。ガラス越しの面会は僅か三分、帰り際に父が物影で泣き崩れた事もあった。短い面談時間なのに、幼い頃、よく一緒に応援した近鉄バッファローズの試合結果とか、どうでもいいようなアホな話もしました。

済州島四・三事件については無言でした。一言も語ろうとしなかった。あの事件は親子、夫婦、親族を引き裂きました。今も内戦のタブーは残っています。大阪では対立の再発に怯え、沈黙を続ける人が大半です。悲しむことすら、その痛みを共にすることすら許されないのです。加害者と被害者の分断は終わっていないのです。

事件後、島に戻れなくなった人が大勢います。支配された島民が、支配した国で生きる。その葛藤は、望郷の念は、どれほど深いものだったのでしょう。父は一体、どのような思いを胸に秘めて日本で生きたのでしょう……。

亡国と隷属、離散と断絶、恥辱と困窮、差別と偏見……、在日一世は日本と朝鮮半島の相克を背負わされた。そして相克は親子の間にもあった。朝鮮半島で育った一世と日本で生まれた二世。二つの祖国の間で康さん親子は分断を刻印された。

自我の捏造

「朝鮮半島こそ全人類が経験している苦しみが流れ込む排水溝のようなものだ」

韓国のガンジーとも言われる著名なキリスト教指導者・咸錫憲《ハンソクホン》は分断され、軍事独裁の猛威が吹き荒れる韓国を全人類の受難の地と言った。咸錫憲は日本からの独立を目指し西大門刑務所に囚われた。韓国の民主化運動の先頭に立ち、幾度投獄されても分断の克服を願い、ノーベル平和賞候補になった。

康さんも誕生の瞬間から全人類の苦難を背負わされた。一九五一年、奈良県大和高田市で「日本人」として生まれた。母は在日二世で奈良に実家があり、土木工事に従事した。康さんの生誕の前年、朝鮮戦争が勃発。父母の祖国、朝鮮半島で同じ民族同士が南北に分断され、殺戮し合う悲劇が繰り広げられる。一〇〇〇万人近い親子が、夫婦が、兄弟が韓国と北朝鮮に引き裂かれて「離散家族」とされ、韓国では北から避難し、故郷に戻れなくなった失郷民で溢れた。

康さんが生きる日本はアメリカの後方支援拠点となり、朝鮮特需が起きる。

祖国の戦争がもたらす日本の「戦後」。祖国の犠牲の上に成り立つ母国の「復興」。故郷が引き裂かれ破壊される朝鮮戦争に日本で生を繋ぐ在日は葛藤し、懊悩する。

この分断の桎梏から在日は逃れることはできなかった。在日は北朝鮮系の朝鮮総連と韓国系の民団に引き裂かれる。分断は朝鮮半島だけではなかった。日本人として生を受けた在日も日本国の中で異国人とされ、故郷から分断されてゆく。

戦前、朝鮮民族は日本の統治下に置かれ皇国臣民とされた。戸籍では「外地」に登録されながらも内鮮一体のスローガンの下、言葉や名前、歴史、文化や信仰も「内地」のように改められる。戦後、ＧＨＱは、旧植民地出身者の参政権を停止。そして一九四七年、日本国憲法の施行と共に公布されたのが外国人登録令だった。当時、日本国民として扱われていた朝鮮、台湾人は同令で「外国人とみなす」と定められた。五二年、サンフランシスコ講和条約が発効すると日本政府は外国人登録法を公布。在日朝鮮人は日本国籍を剝奪され、康さんも「外国人」にされ、国籍も朝鮮となった。五五年には指紋押捺制度が開始される。康さんは当時を振り返る。

「幼い頃から葛藤を感じていました。民族が違えば食事も、日常で耳にする言葉も違います。生後、大阪の八尾市に引っ越し、一四歳まで長屋で育ちました。周辺に朝鮮人の家族がいて、「朝鮮部落」と呼ばれていました。今から思えば蔑みを込めてね。でも、周りが朝鮮だと自分が少数者と気づきませんが、子どもは敏感です。物心ついたころから当たり前だった様々な慣習を、あまり大っぴらに語ってはならない、何か後ろめたさ、訳の分からぬ劣等感がありましたね」

分断の呪縛。差別と偏見にさらされたのは日本人の子どもと共に通う小学校だった。

「おいチョーセン、キムチ」、「くっさいニンニク」、全身をズタズタに切り裂く鋭利な刃物のような言葉を浴びせられました。子どもは親の影響から逃れられません。きっと、家庭で言われていたのでしょう。周囲の大人から「あいつは朝鮮人だよ」、「あの地域に住んでいるのは汚い朝鮮人だよ」と……。苦痛だったし、耐えられなかった。今以上に日本社会で在日朝鮮人、韓国人に偏見がありましたし、蔑視がありましたから、日常でいつも引け目を感じて生きる訳です。今でも忘れられないのが小学校二年の時です。親しい仲ではなかったけれど、ある女の子が捨て台詞を言う。「おい朝鮮。おまえ朝鮮やろ、近寄るな」と。ものすごく汚いものを見るような目でね、身体が、燃えるように、かーっと熱くなりました。恥ずかしさか怒りか解りません。でも、七歳の子どもには大変なショックですよね。

日本と韓国。支配と被支配。二つ祖国の裂け目で破断する自我。

この分断の軛から逃れようと康さんの周りには北に向かう家族もいた。北朝鮮帰国事業である。五九年、日本赤十字社と朝鮮赤十字会が協定を結び、およそ七年間で八万八六一一人が北に帰国した。この時期、康さんは「在日」を明かせなかった。決して知られてはならないと出自の捏造し、本名を偽り、「ナガシマムネノリ」と名乗っていた。いつしか自分が何者か解らなくなっていった。

自ら自分を偽る訳です。自分に嘘をつき、嘘を信じることで身を守る。ある日、思いましたね、一体、自分は何者なのか。ナガシマなんて、自分に何の関係もない名前でテストを受けて結果に喜ぶナガシマって誰やねん。自分を偽る自分に誇りは持てなかったですね。

崩れそうになる自尊心を支えたのは闘志だった。「日本人に負けるか」と発奮し、勉強とスポーツに打ち込んだ。喧嘩して殴られ、蹴られても涙を見せることを自分に許さなかった。サンダル製造で家族を養った母、ヨンエさんは息子が不憫だった。

あの子はね、いい方のやんちゃでした。そう、ゴンタやった。悪い事もしなかったしね、友達も多いしね。面倒見はよかったね。それはいいなあと思いました。せやから、まあ、教育いうたらおかしいけどね、本も読んだし、字も教えましたね。暗記するのも早かったですよ。相撲見て、漢字を覚えたし。

小学校四年生になった頃、韓国では軍事独裁が本格化する。六一年五月一六日、日本の陸軍士官学校卒の朴正煕は軍事クーデターにより政権を奪取する。立法、司法、行政の三権を掌握し、反共体制の強化を掲げ「反共法」を制定。非常戒厳令を発令し、民主化運動を徹底的に封じ込めた。

この時期、康さんに寄り添ったのが担任の先生だった。先生は「問題児」と呼ばれた児童にこそ愛情を傾け、分け隔てをしない姿勢が伸び伸びとしたクラスの雰囲気を作った。康さんを特別扱いせず、「何故、在日が日本で暮らすようになったのか、日本社会にはびこる差別と偏見はどのように作られたのか」をクラス全員で考えさせた。康さんに何度も語られたのは「一人の朝鮮人として自己に向き合い、朝鮮人としての自覚と誇りを持って生きろ」。

ある日、先生が「消えた国旗」という一文が載った冊子を手渡した。急いで読むと、三六年のベルリン五輪で日本代表としてマラソン金メダルを獲得した孫基禎《ソンギジョン》についてだった。亡国の民だった孫は朝鮮名ではなく日本名「そんきてい」で出場。反発した朝鮮の新聞社は日の丸がついたユニフォーム姿の写真から日の丸を消去。新聞社は「日本の統治を拒否し独立気運を扇動した」として停刊処分を受ける。この「消えた国境」は当時の小学校の副読本であり、朝鮮で取材をする日本人記者の視点で書かれていた。

日本統治の矛盾に康さんは気づきはじめる。だが、先生以外に自分を知り、誇りを持つ手がかりはなかった。野球に打ち込むことで自らの価値を創ろうともがいたが、自尊心を持てなかった。そんな康さんにカイロスが迫っていた。

中学二年の時、父母のサンダル製造下請け仕事の都合で大阪の生野区に移り住んだ。青黒く汚濁した溝川、火葬場の煙、履物製造作業場のシンナー臭、時代に取り残されたトタン屋根の木造長屋……。かつて猪飼野と呼ばれた地には在日の苦難が染みこんでいた。今も生野区は区民の三～四人に一人が朝鮮半島にルーツを持つ日本最大の在日コリアン居住地域であり、この地で生きる失郷の民は汗と油に塗れ、洗剤や接着剤で手をボロボロにしながら子どもを育てた。

新たな生活は外国人登録から始まった。六五年、それまで国交のなかった韓国と日本は日韓基本条約を締結。佐藤栄作ひきいる日本政府は韓国を朝鮮半島唯一の合法政府と認め、朴正熙政権と国交樹立。韓国併合条約など、戦前の諸条約無効を確認し、日本側が「過去の賠償」として総額八億ドル（無償三億ドル、政府借款二億ドル、民間借款三億ドル）の援助資金を拠出。韓国側も請求権を放棄した。この条約により「在日韓国国民の法的地位及び待遇に関する協定」も結ばれ、康さんは在日韓国人になった。しかし、両国市民は反発。条約の内容不備と解釈の不統一、南北分断の固定化が理由だった。反対運動は激化し、日本では大学生を中心に約二四万人が参加するデモが起きる。韓国での抗議デモはさらに激しく、鎮圧のため軍隊が出動、朴政権は衛戍令《えいじゅ》を発動した。

この時期、日本で居住する在日は一四歳になると一斉に外国人登録が義務付けられた。康さんも証明写真を手に区役所に向かった。薄暗い部屋に連れていかれ、人差し指を出せと言われた。よく解らぬまま差し出すとインクを付けられ、指紋を取られた。康さんは今もインクの冷たさが忘れられない。

ヒヤっとしましたね……。僅か数分のあっけない出来事かもしれません。でも頭を棍棒でガーンと殴られたような衝撃を覚えました。中学生に指紋採取は何を意味するのか解るはずありません。しかし、特別な扱いを受けたこと、善いことではなく、何か悪いことをした、ないし、する人間に見られていることだけは間違いありません。帰り道、気持ちの整理がつきません。屈辱で何度も問いたくなりました。

「この日本で俺はどんな存在なんだ？」と。日本語しか話せず、日本名で学校に通い、日本人のように生きているが「お前たちは朝鮮人だ。日本に好ましい存在ではない」と日本政府から宣告された気がしたのです。現実を正面から受け止め、朝鮮人として堂々と生きてゆく勇気を持てるか、問われる思いでしたね。

康さんは教科書やノートに書いた姓を「永島」から「康」に書き換えた。だが、激情はすぐに冷めていった。本名で生きる決心がつくまで数年の葛藤が必要だった

自己の再生

自分の存在を証《あかし》し立てるのは、周囲から存在を認められるのは、勉強しかないと思い立ち、康さんは大阪屈指の進学校・天王寺高校を受験する。だが願書提出の際、「合格すればどの名前を使いますか」と聞かれ「日本名で通います」としか言えなかった。

何故隠すのか、どうして勇気を持てないのか。自己嫌悪の日々が続いた。この頃、南北対立が激化。韓国では情報機関によるスパイ摘発事件が相次ぐ。六七年、KCIAは東ベルリン・スパイ事件を公表。ヨーロッパ在住の韓国人教授や留学生が分断都市、東ベルリンで北朝鮮大使館と接触したなどのスパイ容疑で大量に逮捕される。翌年、北は武装ゲリラ三一人をソウルに侵入させる。韓国の後ろ盾、アメリカは偵察機プエブロ号を北朝鮮に拿捕された。緊迫化する朝鮮半島情勢。八月、ソウルで統一革命党事件が起きる。KCIAは国内の反政府活動を北の浸透や工作に結びつけて摘発する李承晩からの常套手段で市民を威圧。地下組織の結成に関わった人物を検挙し、ソウル大学のサークルを中心とする運動組織を壊滅に追い込んだ。七〇人以上が起訴され、四人が処刑される。

弾圧され、息を潜める祖国の市民。康さんの心は痛んだ。そんな時、決定的な出逢いがあった。同級生と高校二、三年生次の担任との巡り合いこそ、卒業後、死刑囚になる康さんの生命線になる。

後に康さんの救援活動を率いた同級生の牧野さんに当時について聞いた。

康君は天王寺高校陸上部のキャプテンでした。非常に明るく、力強く精悍でした。でも、いつもビリビリしていた。常に身構えて隙がなかった。勉強熱心で、それに私たちのクラスはよく討論しましたね。彼が在日はこういう問題かかえている。みんなも考えて欲しいと、皆でまあ一生懸命、討論しました。背中を押してくれたのが世界史の福田先生。唯物史観とか大学院レベルの授業を展開した。もう哲学、思想に話は広がってゆく。一部の学生は反発し、アカ過ぎる「赤福」やと批判するのもいましたけれど、歴史を何故学ぶのか、その意味と意義は伝わってきました。

友を得た康さんは在日の抱える懊悩を話すようになったが、本名を名乗ることはできなかった。悶々としたまま高校一年を終えた頃、生涯の恩師、福田勉先生と出会った。

放課後に呼び出しがあり、職員室行ったら、「君、朝鮮人なんか」、「はあそうです」と言うたら「君、なんで日本の学校におるんや」と返される。「いや、ここで勉強しようと思ってきたんです」と伝えると、「お前、なんで朝鮮学校に行かないんだ。韓国の学校に行かないんだ」と非常に挑戦的に告げる。最初から私の意識を試す。まともに答えられない。「日本の大学を卒業し、日本に尽くしたいんだ」と、すると先生は、「ああそうか、それもいいけど君は日本人じゃないんだから、本来、朝鮮語の教科書を使って学ぶべきだよと、事情があってやむを得ず日本にいるんだから、やむを得ず日本語で勉強している事を忘れてはだめだよ」とくぎを刺されました。で色んな事があったら私に相談しなさいと。

話をしながら高校生活が実りあるようにやっていこうじゃないかという風におっしゃった。

福田先生は繰り返し「国家、民族とは何か」を問いかけ、挑発する口調で、深い思考を促した。

教え子が先生の逝去後に編集した追悼・遺稿集に康さんが綴ったアイデンティティへの覚醒と自己の再生を授けてくれた恩師への感謝が記されていた。


朝鮮では師と仰ぐ人を「師父」と呼びます。父のように慕うとの敬意を込めて。福田先生はまさに「師父」と呼ぶにふさわしい方でした。多感な高校時代、担任だった先生との出会いは、その後、私が歩む波乱に満ちた道のりの契機となったし、先生の教えは苦難の日々を耐え抜く貴重な糧でもあったからです。六〇年代の後半、日本の高校で学ぶ在日朝鮮人青年にとって、毎日が葛藤と模索の日々でした。差別と偏見が根強いかつての植民地宗主国で暮らしながら、南北に分断された祖国との関係をどのようにして形成していくのか……。私にとって青春の生きがいを追求するうえで、民族的なアイデンティティを確立することが前提であり必須でした。

先生は私のそうした苦悩を暖かく見守り、時間をおしまず適切な助言をくださいました。（中略）常に頭の片隅に残っていたのが「歴史を創るのは一握りの権力者ではなく名もなき民衆であり、歴史は紆余曲折しながらも必ず前進する」という信念でした。私はその原点が先生から学んだ世界史の授業だったと思います。人類の歴史がどのような過程を経て発展してきたのかを、豊富な史料で丁寧に解説してくださる先生の授業は驚きと同時に感動でした。社会科学の基礎を、科学的な歴史観を吸収できたことを、今も心から感謝しています。先生がインドのネルーの『父が娘に語る世界歴史』を推薦されたこともあって私はこの名著を高校・大学を通じて愛読しました。

先生は七七歳の時、筆者の取材に応じた。教員引退後にパーキンソン病を患い、歩行も筆談もままならかった。一言一言、休みながら、喘ぎながら、振り絞るように、自分の原点になった体験を話した。

僕はね、外地、朝鮮で生まれて小学校四年生のときに内地の親戚に預けられて、内地に転校しました。その時に「こら朝鮮」と言われ蔑まれました。自分が朝鮮人でないのに朝鮮といって虐められる……。人って何だと思いましたね。国家が国民を創るんじゃない。国民こそ国家を創る。名前、言葉、歴史が個人を創る。国民の前にかけがえのない個人になるには何が必要か考えさせられました。

康さんの恩師は日本人の朝鮮民族への差別を肌で知っていた。福田先生は三一年、現在の北朝鮮の最北端に位置する咸鏡北道《ハムギョンプクド》で生まれた。九歳で母親の郷里、宮崎県に移り、朝鮮半島への差別を肌で体験する。民族、国籍、性別など自分ではどうしようもない出自を理由に蔑まれる不条理に怒りを感じたという。そして偏見のない社会を創るには歴史を知ることから始めなければと広島大学に進み、西洋史を研究。その後、大阪で高校世界史の教師になった。天王寺高校に移った頃、日本は政治の季節を迎えていた。冷戦による対立は激化し、核開発競争、安保闘争、沖縄返還、ベトナム戦争の激化や七〇年安保など、国のあり方を巡り、目の前で歴史が動いた。先生は座右の銘を語ってくれた。

「歴史とは現在との絶えざる会話であり、過去に目を閉ざすものは現在にも盲目になる」

教え子は福田先生の授業は「過去を克服できない日本」を浮き彫りにしたという。「世界史の授業を受けました。四月二八日の授業で『今日は何の日は知っているか』と尋ねられた時を覚えています。心の中で、明日の四月二九日（天皇誕生日）と間違っているのと違うのと思っていた時、クラスメイトの牧野君が挙手して『サンフランシスコ講和条約で沖縄が日本から切り離された日』と答えたのに驚きました。日本が独立したのではなく沖縄が棄てられたというのが先生の歴史を見る姿勢でした。そして時には朝鮮半島で警察官をしておられた父上や爆死した親友の話など暗い経験を語られました」。康さんも幾多の犠牲を経て作られた平和主義と民主主義、基本的人権、民族自決について教わり、自らのルーツに誇りを持てと繰り返し伝えられた。そして高校二年の文化祭当日の朝、決意する。

先生は「誰が見ても日本人にしか見えなかったらまずいだろうと、一目で朝鮮人だと分かるようにしなさい、それは名前だ」と仰った。頭では分かっているけど、最後の一歩が踏み出せない。本名で生きることは差別と偏見にさらされる苦痛を引きうける決断ですから、重い。とてつもなく重かった。差別に怒りをもっていても、一歩を踏み出す勇気がなかった。そんな私を先生が励ましてくれる。やるしかない。

康さんは文化祭で在日朝鮮人の基本的人権をテーマにパンフレットを作成した。タイトルは「自由を求めて」。表紙に記載した著者名はナガシマムネノリではなく康宗憲とカンジョンホン。この時の思いを叩きつけたノートが残されている。

在日が、奪われた言葉と文化を取り戻すには膨大な時間と努力がいる。でも名前は勇気さえあればいつでも取り戻せるのに、なんと長い歳月を必要としたのだろうか。祖国が立派であれば、在日が馬鹿にされることはない。在日として誇りを持って生きるには、民主化され、平和的に統一された立派な祖国を持つ以外にない。

自己の再生を決意した康さんは差別を生む社会を正し、弱者に向き合いたいと弁護士を目指すようになる。京都大学法学部を受験したが不合格となり浪人生活が始まった。

この時期、日本でも幾多の分断があった。日韓条約は在日を切り裂き、康さんらに北か南、どちらを支持するかを迫った。中でも二世は「民族への帰属か日本人への同化か」、「本名か通名か」、さらには「組織か個人か」、問答無用の踏み絵が突き付けられた。

精神の座標軸を見失い、人生の道標を求め暴走した青年も少なくなかった。

七〇年一〇月、梁政明（通名・山村政明）が二五歳で焼身自殺を遂げる。梁は山口県に生まれた。九歳の時、家族全員で日本国籍を取得。その後、苦学して早稲田大学に合格した。だが経済的困窮により退学を余儀なくされる。夜間の二部に再入学し、学園紛争に関与したものの、新左翼系党派にパージされた。揺らぐアイデンティティ。梁は拠り所を求め、日朝関係や民族問題に関心を深める。その結果、朝鮮人として生きる決意を固めた。しかし、在日のサークルからは「日本に帰化した裏切り者」と拒絶される。遺稿集『いのち燃えつきるとも』に収録された遺書「抗議嘆願書」には国籍と民族にまつわる苦悩が切々と綴られている。一方、韓国では軍事独裁の圧政が吹き荒れていた。戦時下を理由に平和や民主化を求める声は封殺され、経済格差が広がっていた。紡績工場では女工が一日一六時間労働を強いられ、過労による労働災害が後を絶たなかった。この頃、康さんは衝撃的なニュースを目にする。

七〇年にソウルで二二歳の全泰壹《チョンテイル》が焼身自殺。場所はソウルの衣服縫製の中心、平和市場。ソウル大学からも遠くない。この市場の縫製工場で働いていた若者でした。「労働者は機械ではない」と声を上げ、自らに火を放って訴えたんです。僅かな給料、長い労働、劣悪な環境の改善を求めて。衝撃でした。この事件がきっかけですね。もう一つの祖国のために何かしなくてはという衝動が沸き起こった。

日本でも安保反対を訴える学生運動も盛んだったけれど、当時、在日は公務員になれず、参政権もない。裁判官にも大学教員にもなれない。京大をでても就職できず自殺した人もいる。在日を理由に内定を取り消された日立就職差別事件も起きた。日本で人生の可能性は極めて限られていた。

それよりも、傷ついた人々がいる韓国に向かい、虐げられる人々を直接、この手で助けたいと医学部に志望を変えました。

康さんはソウル大学医学部に合格、一九歳でソウルに向かった。

この時期、米ソの歩み寄りによるデタントを迎えようとしていた。アメリカが参戦したベトナム戦争は泥沼化し、米ソの核開発競争は激化。キューバ危機など人類滅亡の危機も経験したアメリカはソ連と核不拡散条約交渉を開始する。アメリカの核が配備された沖縄が七二年、日本国に返還される。南北に引き裂かれ、同じ民族同士で戦火を交えたベトナム戦争も七五年に終結を迎えた。北緯二九度線と北緯一七度線は分断線ではなくなり、交流と平和の結節点となった。東西に分断された欧州でも西ドイツのブラント首相が対立してきた東ドイツをはじめ、東欧諸国との関係正常化を目指す「東方政策」を実践する。そして七〇年一二月七日、ブラントはかつてナチス・ドイツが侵攻し、徹底的に破壊した隣国ポーランドを訪問する。ユダヤ人が強制隔離されたワルシャワ・ゲットーに向かい、追悼記念碑の前に進み出た。献花のリボンを整え、後ずさりし、静かに頭を垂れた。そして雪と氷で覆われた地面に跪く。両手を組み、深い黙祷を捧げ、国家の罪を謝罪した。

歴史の転換点を感じる康さんも祖国の民主化と平和、分断克服への期待を高めてゆく。そんな康さんの希望と使命に満ちた留学生活が何故、暗転したのか。

人生の秋口を迎えた頃、忌まわしい記憶をたどる旅にでた。

〈康さん、おはようございます――〉

はい、関空は混んでますね。ソウルが晴れているといいですね。初めて韓国に行ったときは伊丹空港からでしたけど。懐かしさもあるし、興奮しています。でも、緊張と不安があります。韓国では国家保安法違反者ですし、日本でも私の家族のような特別永住者の在留資格はなく、一般永住者です。出国手続きも顔や指紋確認に時間がかかるんですね。


二〇〇八年冬、康さんは五七歳になった。出入国はいつも「元死刑囚」、「外国人」を突きつけられる。康さんが日本で居住する法的根拠が在留管理制度である。中でも永住許可には原則一〇年以上、継続した日本在留と、主に三つの要件が求められる。①素行良好、②独立して生計を営める資産または技能の保持、③当該者の永住が日本国の利益に合致。

日本人との結婚は別途定められるが、この要件を満たさなければ日本で暮らせない。永住許可は一般永住と特別永住に分かれる。特別永住は一九九一年施行の入管特例法に基づく。日本統治下で日本国民とされた在日や台湾の人々や子孫に、日本への定住などを考慮した上で永住を許可。三要件に反しても、日本に住む権利が保障されている。一方、康さんの一般永住はその他の外国人と同じ扱いになり、常時、在留許可証携行義務を負う。出国の度に特別な手続きが求められ、毎回、「再入国許可」が必要になる。

お待たせしました。指紋を確認されるとため息がでます。仁川国際空港行き、乗りましょう。満席ですね、最初、一九七一年に初めて行った時はガラガラ。当時は韓国に向かう在日は毎年、一〇〇人ほど。みんな言葉話せないから、機内でも必死で単語覚えてましたよ。でも変な目で見られてね。当時、日本で韓国語学ぶ人なんていません。最近の交流の急速な拡大は本当に驚くばかりです。

大阪から二時間のフライト。眼下には蒼茫たる玄界灘。波濤が白く砕け、豆粒のような漁船やフェリーが行きかう。康さんは見えない国境線を黙って見つめ続ける。

機体が着陸態勢に入ると康さんは急に拳を握りしめた。「気分が?」と聞いても終始、無言。仁川国際空港に着き、荷物を取り、入国審査ゲートに向かう。突然——。

もし何かあったら、家族に電話してください。お願いします。私は再審も認められていません。この国ではいつ連行され、取り調べられてもおかしくないのです。

結局、スムーズに入国したものの、筆者も、康さんも額から汗が滴り落ちた。一息ついた後、空港ビルの扉から外に出た瞬間……。

戻ってきましたね。この空気……、潮と排気ガスと工場の煙を思いだす。露天や屋台の雑踏、人々が大声で交わす会話、人々の汗や漢江の香り、活気は変わらない。

乗りこんだバスは渋滞をものともせずソウルに向かって疾走する。激しくクラクションを鳴らしながら、高速道路で車線変更を繰り返す。三月と言うのに気温は一度。寒さで足の指の感覚がなくなっていく。澄明な空の色は淡い青。車窓には悠久の大河、灰青色の漢江が滔滔とながれる。大韓民国の首都ソウル。ここに幾多の命が犠牲になった苛酷な歴史が凝縮されている。日韓併合後は京城と改称され、植民地統治の中心地になった。朝鮮戦争では北に占領され、休戦後は軍事独裁の拠点となった。奇跡の経済復興を遂げたのち、民主化闘争の舞台となった。軍事独裁の終焉後は平和の祭典、ソウル五輪が開かれ、革新系の金大中、盧武鉉、文在寅大統領がさらなる民主化を主導。保守系の李明博《イミョンバク》、朴槿恵《パククネ》と政治闘争を繰り広げた。峰々に囲まれたソウルは政治と経済、文化と交通の中心地。この康さんの青春の地ソウルを人間の身体にたとえてみたい。

「頭」は大統領が執権する青瓦台。そして南東に隣接する景福宮。傍にスパイ捏造を首謀した陸軍保安司令部があった。正門が光化門。ここからソウルのメインストリート世宗路が南に続く。この界隈が「背骨」になる。市庁に続く大通りで韓国市民を見守るのは豊臣秀吉の朝鮮征伐を撃退した李舜臣将軍像。朝鮮民族の言葉ハングルを創製した世宗大王の銅像も鎮座する。通りに沿って中央政庁が続く。この通りから西方面に板門店に向かう道路が続く。途上にあるのが独立門と西大門刑務所。東方面には康さんが通ったソウル大学。メインストリートをさらに南方面に行くとソウル駅。傍に聳えるのがソウルの「心臓」。標高二三二mの南山だ。山頂からは東西南北、ソウルを眺望できる。中腹には初代韓国統監、伊藤博文を暗殺した安重根の像や韓国建国の立役者の記念碑が建てられている。

この南山は怨嗟と恐怖の代名詞だった。麓に現在の国家情報院の前身、ＫＣＩＡの拠点があった。南山の西、ソウル駅から南に一駅の南営駅。この付近にあったのが警察の組織、治安本部南営洞対共分室。国家保安法違反や間諜を容赦なく取締り、拷問によって大学生が殺された。現在は警察庁人権センターとなっている。

南山の南に広がる「腰」にはかつて在韓米軍司令部が置かれた龍山基地が拡がる。その近郊にあったのが陸軍保安司令部の西氷庫対共分室。この三つの公安情報機関に連行されると「二度と戻れない」と市民は怯え、忌避した。南山から南に下った先が漢江だ。東西に流れる大河の中洲、汝矣島は副都心として開発され、国会議事堂がある。長い描写になったが、ソウルには康さんのかけがえのない思い出が詰まっている。バスがソウル駅に到着。南山の麓を歩いた。

〈初めて来たときから街は変わりましたか――〉

ええ、黄色、赤、緑……色が溢れんばかりです。朝鮮民族は鮮やかな色彩を大事にしますからね、見てください、市場で売られているチョゴリ、日本人にはどぎついでしょう。喜怒哀楽を素直に表し、感情表現が激しい民族性を表しているようです。でも、当時は暗かった。桎梏の闇なんです。日本では考えられないほどの暗さ。自由に外出するのは憚られ、部屋にいても物音をたてること、そう、咳をするのも憚られるほどでした。

道幅はもっと狭かったですね。街の至る所に軍人が歩哨に立つ。ライフルを持ってね。政治情勢が緊迫すると戦車が出動する。防空訓練が毎月あって地下鉄の駅に避難する。そう、この大通り、有事の際は戦闘機の滑走路ですよ。戦争がビシビシと肌に伝わりましたね。そして何より貧しかった。失業者が道端にたむろし、学生は売血する。一人当たり国民所得が一二五四ドル。北は四三五ドル、北以下でした。農村には医療施設もなく、痩せて、顔色が悪い人が何と多かったか。

ソウルの春は寒い。年平均気温は約一二度。洪水のように行き交う人々の白い吐息が舞う。人口およそ一〇〇〇万、韓国の経済力の六割以上を占める。活気に満ちた街だが康さんが留学した頃は重苦しい空気に覆われていた。

実際に分断された南に降り立つと、想像以上の傷だった。なんと苛酷なのかと思いましたね。同じ民族にも拘らず、北に対する徹底した敵意が満ちている。同じ世代の学生、一般の大人が大変な憎悪と不信の目で北を見ている。衝撃でした。なぜ、これ程の憎しみを持てるのか、日本では分からなかった。

分断の最前線

大学も冷戦の最前線だった。康さんの留学当時の大統領は朴正熙。朴は軍事教練を大学の必須科目に指定するなど、軍事独裁を思うままに率いた。一方、野党を牽引したのが金大中だった。金は軍事費削減と労働環境の向上、南北交流を政策課題に掲げ、国民の圧倒的支持を得た。連日、反政府デモが起き、大学生は「不正選挙糾弾」「言論と思想の自由、軍事教練撤廃、国家保安法廃止」を訴えた。朴はソウル一円に衛戍令を発令し、軍が三権を掌握。大学には武装軍人が駐留するようになり、軍靴の乾いた足音がキャンパスの隅々まで響き渡った。

朴政権が標的としたのが在日留学生だった。康さんが留学した年、陸軍保安司令部に対日工作係を新設。日本でスパイになった可能性のある容疑者名簿を作成し、内偵に着手した。強制起訴に向けて社会の隅々まで協力網を構築。密告に報奨金を支払った。協力者は「網員」と呼ばれ、不動産、郵便配達、下宿の大家、大学の指導教員や学生、留学生が集う居酒屋や食堂の従業員も、網員にされた。この保安司令部は特殊工作、防諜を通し韓国の安全保障の礎を築いてきたと自負する。公表した『対共三〇年史』、『対共活動史』にも「成果」を誇る言辞が溢れる。

――無事安逸にひたる利己主義を捨て、共産党打倒の執念に燃え、見返りを求めず、昼夜分かたず骨身を削るような苦痛に満ちた活動を通して国家に一身を捧げた。保安司令部は愛国忠誠の結晶……（中略）。司令部では重点事業として在日留学生のうち、留学を装って学園に浸透したスパイをあぶりだす目的で捜査に着手。四三〇人の留学生中四〇名を重点対象に選出した。留学生は全員、徹底的に監視されていた。その後、監視は日本にも浸透する。

この七一年、朴は大統領に非常大権を付与する国家保衛法を国会で強行採決。康さんは反政府デモが繰り広げられた現場、市庁前に立った。

張り詰めた空気が満ちていました。韓国では軍人の姿がどこにでもある。徴兵があるから。私と同じ年齢で軍人になる。暗澹たる思いでした。当時の大統領は朴正煕、彼は大日本帝国の将校として敗戦を迎え、軍事クーデターで政権をとる。彼は約束しました。「軍事社会でも多様な考えが許されている」と。実際、当時、憲法は北であれ南であれ、言論の自由を保障し、民主的な要素は全て条文にあった。しかし権力維持に必要だとなれば憲法を捨てる。軍が政治、社会の全てを掌握する。自由は消え、国会は休会、議員は自宅軟禁。大学も休校。社会は混乱し不満が高まるという訳です。でも全ては国を守るためだと。安全保障ですね。北がいつ攻めてくるか解らないという恐怖を醸成しながら自分の政権の正当性を主張する。そういったことを私は留学生として体験しました。

康さんは四年間の留学生活を送ったソウル大学に向かった。居酒屋や喫茶店の立ち並ぶ学生街の先に康さんの学び舎が当時の名残りを留めていた。

〈荘厳な石造りの正門ですね〉

ええ、かつて大日本帝国が設立した京城帝国大学でした。内地と違い、管轄は植民地統治を担う朝鮮総督府でした。半島の最高学府として幾多の有為の人材を育成したようです。この地域一体に、帝大の本部があったんですけどね、医学部はここです。他の学部は移転しましたが。うーん、やはり、ちょっと……。複雑な思いですね。自分としては医学の道を全う出来なかったし、トラウマがありますね。今でも医者のドラマを見ると複雑ですよ。あ、これが図書館……。

蘇る記憶。当時の自分と対話するように、一歩一歩、地面を踏みしめ、若き医学生の語らいに耳を澄ませる。韓国の民主化運動の拠点がソウルを始め延世や梨花女子などの大学だった。キャンパスには現在、祖国に生を賭した学生の慰霊碑が立つ。康さんの学友も未来を棄て、軍事独裁に立ち向かった。

軍が実権を持つ社会は、市民の生命力を奪います。医学を学ぶと生命の強さも脆さも分かるようになる。当然、抗う。戦争が優先される時代に反対する。時に命をかける勇気が必要になる。怖い、必死で掴んだ道を手放したくない。

でも人間は正義の破壊、人間性の蹂躙を受け入れない、少しでも社会を良くするために、自分の持っているものを全て危険に晒してでも行動する。そういったことを私は医学生として、毎日のように目にする。

非常に苦痛で、苛酷な日々でした。どれほど切実だったか、でも感動的な日々でもありました。

監視国家

この頃、韓国は「天井のない監獄」だった。市民一人一人が隣人を監視し、密告が奨励される監視国家だった。この市民相互監視を穿とうと大学生は未来を捨てる覚悟で学生運動に身を投じていた。だが情報機関が構築した監視網は「一滴の水も漏らさない」と恐れられるほど徹底していた。

留学したばかりの頃、康さんは言葉が殆ど解らなかった。初年度は大学付設の「在外国民教育研究所」で半年間、コリア語を学んだ。殆ど全ての在日留学生が渡韓後に所属するこの教育機関は、実は情報機関の手先だった。研究所は韓国の実情を教えるためとして軍施設や北が南進のために掘ったとされるトンネルなど、安全保障に関わる施設を見学させた。感想文を書かせ、ＫＣＩＡや陸軍保安司令部に、そのまま送付。こうして心情や授業態度など、あらゆる個人情報が情報機関に報告された。こうして留学生が何の警戒心もなく綴った文章が「思想」判定の証拠として「活用」された。

かつて大日本帝国は植民地に治安維持法を適用し、良心の自由を侵害した。主導したのが思想検事だった。検挙、取り調べ、起訴、予審、公判、行刑という「法の運用」の全過程を担った。特高警察を手足に使い、拷問によって「自白」を誘導し、証拠を改竄し、調書を捏造した。

虐殺も辞さない凄まじい暴力性は特に予審で露わになった。予審とは被告事件を公判に付すべきか否かを決定するもので、公判で取り調べにくい証拠を収集、保全する手続きで、司法による恣意的な取り調べを可能にした。そのため戦後に廃止された。だが「思想戦の戦士」を自負する思想検事や特高は数々の冤罪を引き起こしたにも関わらず組織的に「証拠」を隠滅。公職追放を免れた。この「国家の思想統制装置」

が韓国では国家保安法として温存されていた。

情報機関に内心を監視されていた康さんのコリア語はなかなか向上しなかった。そのため大学寄宿舎を出て、下宿を始める。同じ長屋には会社員もいて、顔を合わせる度に話しかけ、一つ一つ単語を教えてもらった。最高の教師は子どもたち。公園で野球の手ほどきをし、代わりに会話を学んだ。大人と違い、子どもは容赦なく間違いを指摘し、笑いとばす。半年後、日常会話に不便を感じなくなった。教養課程を終えると本格的に医学の講義が始まった。教科書は英語の原書。毎晩、レポートと試験準備で夜が更けていった。ようやく大学に慣れてきた七二年七月四日、南北共同声明が発表された。画期的な内容に康さんは驚いた。それまで互いの存在を否定してきた両国が初めて相手の政権実体を認め、戦火ではなく、対話によって分断解決に向けた意思を確認。統一に向けた三原則、「民族自立、平和統一、大同団結」に合意。康さんは統一への希望を抱いた。だが……。

秋に体育祭があり、医学部代表で短距離走に出場予定でした。練習の後、銭湯に行くとラジオ放送が始まった。大統領が特別宣言を行うという。緊張して聞きました。「無責任な政党とその政略手段になった国会に平和統一も南北対話も期待できない。我が国の政治体制と憲法は冷戦期のものであり、南北共同宣言に対応できない。従って新たな体制導入に向けた維新改革が必須であり、非常措置を宣布する」。

もう体育祭どころじゃない。体も洗わず飛び出し、詳しい内容を確認しました。大学は完全武装した陸軍部隊によって閉鎖され、狙撃兵を乗せた装甲車や戦車が市街地を行き交う。映画や小説じゃない、学生気分に浸っていた自分を恥じました。

軍事独裁

朴正煕は十月維新を敢行。日本の明治維新にちなんだ維新憲法を施行し、大統領直選制を廃止、長期独裁を実現する。国民投票が実施され、投票率は九二％。賛成も九〇％を超えた。この時、金大中は日本滞在中だった。韓国に戻れなくなり、日本に亡命し民主化運動を展開する。この時期にアメリカでの講演でダラスに向かう機中で便箋に記された詩が遺されている。

「我が心の涙」（詩・金大中）

こころに涙　終わりなし
自由求める　友らのうめき
南山と西大門にこだまし
馬山の記念碑　覆われて
英雄らは嘆く
こころに涙　乾くときなし
こころに涙　終わりなし

ひもじい子どもが教室にあふれ
やせた女工ら　血を吐き
売られゆく乙女たちに
異国のやくざ　群がる
こころに涙　乾くときなし

朴は金大中の動きを封じるため、駐日韓国大使館、総領事館にＫＣＩＡ要員を配置。この措置で在日は徹底的に監視され、支持者は脅迫され、懐柔された。ＫＣＩＡは日本で不当逮捕を繰り返し、朴政権に政治資金を寄付すれば逮捕者を解放すると家族を脅し、金銭をむしり取る。この十月維新は在日を分断した。朴政権を支持する民団主流派と、金大中率いる韓民統や民団から分派した韓青同などに引き裂かれ、対立した。分断の連鎖。この不条理が極まったのが暗殺未遂事件だった。七三年八月八日、韓国の主権が及ばない日本の首都でＫＣＩＡは金大中を拉致。大阪に連行し、韓国に移送。金大中は五日後、ソウルで「発見」され、自宅軟禁された。

キャンパスに行ったら民主主義を守ろうと訴える学生が運動場でスクラムを組み、横断幕を掲げていました。「金大中事件の真相究明、ファッショ統治中止、ＫＣＩＡ解体、対日隷属の阻止」を要求し、デモ行進した。三〇〇人以上でしょうか。日ごろ反共法と国家保安法を恐れる学友が「ハグヨ、クォルギハラ（学友よ決起せよ）と叫ぶ。その叫びが、新たな叫びを呼ぶ。熱いものが込み上げました。すぐに警察隊が緊急出動し、棍棒と催涙弾で私たちを蹴散らし、連行する。医学部でも一〇人ほど逮捕者が出ましたが大学当局は即刻除籍にした。徴兵制がある韓国では、学籍を失った大学生は即座に軍隊に入れられる。頭を丸めて訓練所に入営させられる。残された我々は処分撤回を求め、休学する。悲壮な日々でした。

信頼だけが拠り所でした。東亜日報という新聞が社説で私たちを「朴政権のファシスト支配に反対し、自由と権利を求める愛国的な闘争」と論評しました。直後に言論弾圧が始まる。新聞社は広告を止められ、良心的な記者が解雇される。でも身体が震えました。軍事独裁に抵抗し、医師になる道を犠牲にしてでも立ち向かう、みんな大人に見えましたし、成長していった。

でもまた、ラジオ放送がありました。「全員に絞首刑を執行した……」、下宿にいた時ですが、息が止まりました。

朴正熙は反発を封じるため、超法規的措置を次々と発動。「北のスパイ」として一〇八六人を拘束。こうして七四年に起きた民青学連事件が起きる。同年、主要大学が結集し、全国民主青年学生総連盟を組織。「民衆、民族、民主宣言」と書いたビラを配布する。朴政権は政府転覆を企んだとして日本人二名を含む二五三人を逮捕。学生のみならず、尹前大統領や政敵、宗教界と学会、労働、言論機関も標的にした。非常軍法会議によって在日留学生、李哲さんら一四人に死刑判決を下した。事件は国内外から非難を呼び、大半が釈放される。だが、首謀者とされた二三人は「内乱予備陰謀および内乱扇動」で起訴され、八人が刑場の露と消えた。大学生は不退転の決意で立ち上がった。ソウル大学農学部キャンパスで集会が開かれ、金相鎮《キムサンジン》は割腹自殺を遂げた。命と引き換えに遺したのは「良心宣言文」だった。

これ以上、どうして耐えられるのでしょう。これ以上、権力者に何が期待できるのでしょう。民主主義は民衆の血を養分にして育ちます。学友のみなさん、知っていますか。民主主義は知識の産物ではなく。闘いの成果であることを。昨日を嘆くより、明日を諦めるより、理性と固い信念で、凄惨な専制の牙城に不退転の勇気で立ち向かおう。私たちは一人が倒れ、また次の一人が倒れても、膝を屈して生きるなら、起き上がり、死を選ぶ。私の行為が民族と歴史のためであり、愛する祖国の民主主義のためであり、正義を実現する道ならば、この生を惜しみなく捧げる。

壮絶な死を選んだ金相鎮。その言葉は「冬の共和国」を生きる韓国の青年に刻まれ、抵抗の糧になった。この時期、ベトナム半島ではアメリカが後押しする南ベトナム政府が北の民族解放戦線に降伏。武力による統一が達成される。このベトナムの「赤化」を朴政権は支持獲得に利用する。全国で「安保決起大会」を開催。北が南侵する脅威を煽る。軍事独裁にとって、南北の敵対と分断こそ絶対的な存在理由になるため、反共の嵐を韓国全土に吹きわたらせた。金相鎮は命を絶つ前、朴に向け、手紙も書いた。

大統領閣下。喫茶店でお茶を飲むにも周囲の視線を気にせねばならず、見えない圧力に押され、投票させられる国民が真の自由を語ることができるでしょうか。大学は病み、教授は良心や正義について教える事をためらいます。閣下はデモを知覚なき学生の扇動とお考えでしょうか。（中略）私は自らの命を価値なきものとは思いません。分別なき行動で命を捨てるほど愚かとも思いません。死を賭した人間の言葉には考慮すべき価値があると考えます。偉大な指導者の真の勇気は栄光の退陣に向けた崇高な決断にあります。命に代えて、愛国者としてお願いします。

日本への反発も高まった。

七四年、在日青年が朴正熙大統領を狙撃。韓国で最も大切な祝日、八月一五日の光復節式典で大阪の生野区に居住する文世光（22）が、一〇〇〇人ちかい参列者の目の前で三発の銃弾を発射。大統領は無事だったものの陸英修夫人が落命。犯行に使われた拳銃は大阪府警南署の高津派出所から盗まれたものだった。ソウル刑務所で在日青年は「母よ、息子よ、騙された私が馬鹿だった」と言い残し、処刑された。韓国では反日デモが起き、日本大使館が襲撃される。在韓日本人も迫害され、当時の田中首相が訪韓し、沈静化を図ったものの、反日の余波が続いた。

事件の真相は明らかになっていないが、背景には日本での南北からの工作活動があったとみられる。KCIAは文世光をマークし、総連は在日青年の一本釣りを企図していた。この事件により、在日留学生は韓国からも、日本からも憎悪の眼差しが向けられた。康さんは無力感に押しつぶされそうだった。

何の力もありませんでした。できるのは目の前の学びに打ち込むことしかない。社会に役立つ力をつけるしかなかったのです。韓国は反共が国是ですので、「不穏書籍」の出版、販売、所有は国家保安法違反で処罰されました。社会主義や共産主義を論じた本、マルクスとかは絶対にだめだった。しかし統一は相手との対話からしかはじまらない。対話以外は戦争ですから。そのために相手を知る必要がある。そこで医学部でも社会科学も学ぼうとなりました。フランス革命に関する歴史書は入手できましたから手掛かりにした。

維新体制では思想の自由も、出版の自由もない。世界で読まれている思想、哲学書は翻訳が許されない。学問の自由はない。だからこそ大学生同士、思考する自由だけは奪われないようにと話し合いました。

康さん達、在日留学生は再入国許可取得のため春・夏休みに日本に帰省した。学友から、南北の政治情勢や統一に向けた研究を知るために資料を集めてと懇願された。一方、大学では思想統制が強化され、政権への恭順の意を表明。高麗大学では学生会が政府を支持。「過激な行動への責任を痛感し、先頭に立って国民融和と団結を目指す」と声明発表。ソウル大学では教授会が「国家安全保障体制への参加」を表明、権力への隷従を誓約した。市民も「見ざる　言わざる　聞かざる」態度で身を守ろうとする中、康さんは一心に平和的統一と民主化を願い、行動した。ソウル大学で過ごした傷だらけの日々。だが、青春の蹉跌が迫っていた。

七五年、アメリカ政府高官は北朝鮮への核兵器先制使用発言で朴政権を支援。連日のように韓国全土で数一〇〇万から一〇〇〇万人規模の安全保障総決起集会を開き、反共運動を国家の隅々まで浸透させた。各大学に「学徒護国団」を設置し、女子学生にも銃を持たせた。国民皆兵の民間防衛基本法を国会通過させ、全土兵営化を企図した。この年、韓国の抵抗詩人、金芝河《キムジハ》が五月一四日、獄中で執筆した「良心宣言」が日本に伝わった。民主主義と自由を求める民衆の上に、「死のような沈黙」とむき出しの抑圧のみが支配する時期に「偉大な民衆の時代は必ず来る。われわれは、何のためにたたかってきたのだろうか、人間のためだ。自由で解放された人間、神が創造した本来の姿を取り戻すためである」と謳い、民衆をはじめ、学生、ジャーナリスト、宗教者、文学者など朴政権の残虐なテロと迫害に屈せず自らを投げうって闘っている人々を励ました。一部を紹介する。


人間の内なる思想と良心は絶対に自由になるべきであり、その形成過程もまた、絶対に自由でなければならない。これは人間の天賦の権利である……。自由と民主主義を失ってしまえば、我々は一体、何を守るのか。つきまとう飢餓と疾病、いつ果てるとも知れない暗黒と屈辱の軛を守るために我々は生命を賭けなければならないのか。

我ら全て声を合わせ、そうではないと叫ぼうではないか。

自由と平和を愛する、全世界の良心ある隣人たちは、我々の孤独な苦難に満ちた闘いに惜しみない支援をよせてくれるだろう。この時代に最も必要なものは真実、そしてそれを愛するがゆえに耐えなくてはならない受難に対する情熱である。我々の全てのものを捧げようと私は言いたい。我ら全ての健闘のために、私は今日も祈っている。

「良心宣言」一九七五年五月　金芝河

金芝河はソウル大学美術学科卒業後、物語詩『五賊』を発表。財閥、国会議員、高級公務員、将軍、長官次官の五賊が国を滅ぼすと痛烈に風刺した。死刑判決を受け、八〇年に釈放されるまで獄中に囚われた。この「良心宣言」は金芝河個人が受けた弾圧のみならず、民主主義を求める運動、学生、そして社会正義実現のために沈黙を破ったプロテスタント、カトリックらキリスト教徒への攻撃に対する抗議の訴えでもあった。七三年、軍事独裁により次々と逮捕、監禁されていた韓国のキリスト教有志教役者は「韓国キリスト者宣言」を出した。

祖国が分断された状況のもとで数多くの苦難と試練、社会的混乱と経済的収奪を経験してきた。特に韓国動乱とその後を継いだ独裁政権の恣意横行はわが国民を耐え難い悲劇の中に陥れた。「十月維新」は邪悪な人間どもが支配と利益の為に作りあげた国民に対する反逆である。韓国のキリスト者として行動せざるを得ない。我々は国民の期待に十分応えることができなかった。独立を目指した闘いに参与するとき、日本植民地統治に抵抗した韓国キリスト教の歴史的伝統を継承する。我々は教会が決定的態度をとる際、勇気に欠けていたことを熟知している。神学的な姿勢において革命的役割を果たすにはあまりにも敬虔主義的であった事実も、よく知っている。我々は躓いてはならない。今日、我々の言葉と行動は歴史の主なる神に対する信仰に固く基礎づけられている。精霊が我々の内なる人を造り変え、社会と歴史を創造したもうことに我々が参与することを求めていると信ずる。我々が社会的、政治的変革のためにたたかうよう命じている。現在の統治勢力は公法と説得による統治を無視し、権力と威圧にとってのみ支配しようとしている。良心の自由と信仰の自由を打ち壊している。表現の自由は言うに及ばず、「沈黙の自由」さえない。

このような目的のために活動しているKCIAはナチス、あるいはスターリン支配下の秘密警察を思い出させる。我々は人間の身体が侵されることができないものであることを信じる。今、南北の政権は共に統一への対話をただ、彼らの執権を維持し強化する口実にしているのみで、民族の統一への熱望に背いている。真の和解を成し遂げようとする民族的姿勢を確立し、まことの共同体を樹立しうるように模索せねばならない。

主の限りなき恩寵を信じ、祈る次第である。

「韓国キリスト者宣言」一九七三年五月二〇日　韓国キリスト教有志教役者一同

七四年、カトリック司祭三二〇人で結成されたカトリック正義具現全国司祭団も日本統治下に表立って行動せず、沈黙した反省から「暗黒のなかの炬火」を掲げた。

炬火はナチス・ドイツに言葉で抗ったオーストリアの作家でジャーナリストのカール・クラウスを想起させる。裕福なユダヤ人の家に生まれたクラウスは個人誌『炬火《たいまつ》』を刊行。ナチスのオーストリア併合以前までの三六年間、痛烈な風刺と清冽な筆致で独裁と人権蹂躙を指弾した。書くという「行動」に生を賭し、人間の実存に欠かせない良心の自由、表現の自由について諧謔を駆使して呼びかけた。

韓国のキリスト教徒も人権回復のためにソウルで二〇回、地方で四四回、祈祷会を開催し、街頭デモを挙行した。ＫＣＩＡ、軍、警察が良心、信教の自由を侵害し、内心を監視する「暗闇の権勢」の猛威が吹き荒れる中、神父たちは拉致され、投獄されても抵抗の炬火たらんと獄中で「良心宣言」を出し、行動しようとした。

真実の改竄

康さんと筆者は医学部から歩いて一五分ほどのかつての下宿先に向かった。道幅は狭まり、すれ違うのも困難な路地を進む。外光が当たらず、溝が凍っている。頭上には僅かな陽光を求め、洗濯物が窓一杯に干されている。「あらあら、もうないね、残念ですね」。かつての下宿は取り壊され、真新しいビルになっていた。

随分、景色が変わりましたね。穏やかな日常を感じます。でも、七五年秋、在日留学生を取り巻く状況が緊迫した。一人、また一人と連絡が取れなくなる。どうやら南山に連行されたらしく、殆ど帰らない。数日後に放免された学生もいたけれど、怯え、何も話さない。次は自分の番かと、不安で勉強が手につかない。そして忘れもしない一一月二二日、新聞とラジオが一斉に「学園浸透スパイ団事件」を伝えた。一一人の在日青年、彼らに「包摂」された韓国の大学生一〇数人の名簿が、犯罪組織図のように発表されました。「えー、あの友が北のスパイになっている……」。信じられない思いでした。

康さんには何の連絡も接触もなかった。だが、一週間後、夕方に下宿に戻ると、大家のおばさんが言った。「康くん、昼間に大学から変な電話があったよ。康宗憲って学生いるかと。直接大学で聞けばいいのにね」。

よく気にかけてくれるおばさんだったが、ＫＣＩＡは留学生が接触する全ての人に密告を奨励。康さんは胸騒ぎが抑えられなかった。

ひょっとしたら……。何とか気持ちを落ち着かせようと必死でした。社会主義者や共産主義者ではないし、北朝鮮の体制に共感したこともない。学生運動は参加したし、平和統一を願ったけれど、他の学生と何ら変わらない一般的なレベルに過ぎない。でも怖くなり身辺整理はしました。日本から持ってきた書籍やパンフレット、友人の住所録を処分しました。

でも、不安で仕方がない。眠れず布団にくるまっていると、知らぬうちに夜が明けた。そしたらね、七時位かな、ドア越しに突然声が聞こえた。「ごめんください。ここに康宗憲という学生がいるでしょう」って……。

康さんが扉を開けると小柄で人懐っこそうな男が言った。「情報部のものだけど、ある友人について聞きたい。すぐ終わるから一緒に来て欲しい」。ある友人とは一一月二二日に消息を絶った同期の留学生に違いない。康さんの動悸は高まった。何をされるのか、恐怖で思考できなくなった。下宿を出ると黒のジャンバー姿の屈強な男に両脇を挟まれ、黒いジープに乗せられた。どこに行くのか尋ねても一切返答はない。法律は時として法の名の下で人権蹂躙を国家に許す。ＫＣＩＡや軍、警察は「法の支配」を口実に「法の正義」を振りかざす。

ソウル市街を二〇分ほど走行したが、どこを通っているのか見当もつかない。おろされたのは鉄条網と高い壁で覆われた家屋。秘密アジトのような薄暗い一室で名前や年齢などの身元確認されたのち、大統領官邸・青瓦台の傍にある国軍保安司令部本部に連行された。逮捕令状は示されぬまま、取調室に引きずり込まれた。殺気立った捜査官が憎しみを滾らせた目で康さんを見据え、無言で机を指さした。

分厚い白紙の束とボールペンがありました。全て正直に書けと言われました。日本でどう育ったか、総連と初めて接触したのはいつ、どこで、相手の名は何か、どんな指令を受けて韓国に侵入したのか。いつ平壌に行き、労働党に入ったのか。調べは全てついている。ありのままに陳述せよと。大変な事態になったと思いました。真っ青になりながら、当たり障りのない留学までの日々を書く、書くやいなや「わかっとらんな、この野郎、やれ」と責任者が怒鳴る。それからは……、三〇年以上を経ても、あれほどの恐怖感と惨めさは冷静に向き合えません。

康さんは目の前ですすむ事態が理解できなかった。身に覚えのない過去を認めろと強制されても、自らが置かれた状況が信じられなかった。想像を超えた不条理に思考が完全に停止し、まるで夢を見ているようだった。

殴る蹴るの暴行から始まって、あらゆる拷問が約二か月続く。最初は、服を全部脱がせて、暴行が何時間も加えられる。体中がどす黒く膨れて、内出血で身体が破裂しそうになる。取調べなどしない、ただただ暴力を加えるだけ。意識を挫いた後に取り調べにかかる。眠らせないし、相手が望む「自白」をするまで何度も書き直させる。思い通りに書かないと「反省が足らない」と水拷問。口にタオルがかけられ、上からヤカンの水を少しずつ、注がれる。呼吸ができず水を飲みますよね、となると、どんどん水が落ちてくる。いつ窒息死するかというじわじわとした恐怖。それに加えて電気拷問。その苦痛がものすごいので悲鳴あげるじゃないですか、自分の中から、何であんな声がでるのかと驚く位の悲鳴をあげる。縛られた全身の肌が裂け、血がほとばしる。そういう事を繰り返していると抵抗する意味がなくなってきます。一分でも早く、苦痛から逃れたい、で、相手の要求を呑む状況になっていく。

国軍保安司令部による拷問の実相については、犠牲者は恥辱と屈辱から沈黙を続けてきた。二〇一五年、大阪で開催された「犠牲者の集い」での証言に、参加者は耳を覆った。

素っ裸にされ、人間の最も恥ずかしい部分がむき出しにされる。両手足を椅子に縛られ、全身に氷水を何度もぶっかけられる。寒いどころじゃない。気温、二度位かな、体温で湯気になるほどです。そして指に銅線が巻かれる。コードの先には戦場で使う、手動式の発電機。連中は何も言わず、ハンドルを回す。エビのように全身が跳ね上がりました。手足がちぎれたと感じたほど、全身が硬直する。直後に自白を迫られる。黙っていると、またハンドルが回る、それでも黙ると……むき出しの性器に、コイルが巻き付けられる。性器を蹴られるだけで、数時間うずくまるような激痛なのに、最も恥ずかしい部分に電流が流される、あれで沈黙できる人なんていない。尊厳が踏みにじられるって言いますけど、人間が人間にあれほどの屈辱を与えることができるのか、人じゃない、鬼畜です。

康さんの日本での日々は全てスパイ養成のためとされた。抗う力を奪ったのは拷問だけではなかった。寒さとひもじさ、友人や家族との断絶が身体と精神を蝕んだ。夜は暖房が切られ、取り調べ室は冷凍庫と化す。気温は零下、耳や足の指が凍傷になり、眠れない。食事は幼児の拳くらいの大きさの麦と大豆が混じった握り飯、具のない冷え切ったスープ、腐りかけたキムチや沢庵。二四歳の康さんは一日一日、体重減少を自覚した。面会や書信は禁じられ、孤絶感から発狂するのではと怯えた。抵抗どころか、生きる気力が遠のき、保安司令部が求める「自白」を少しずつ受け入れていった。こうして康さんを含む一四人が検察に送致された。

在日には北を支持する人も韓国籍もいます。高校の先輩や同級生に総連に知人を持つ人もいれば民団に所属する人もいる。会って話したのは事実です。同じ高校ですから。それがスパイとの接触にされる。恩師、福田先生は北の工作員の総括者であり、私は彼の影響でスパイになったと。韓国に留学し、周囲を洗脳し、国家機密を収集する指令を受けたと。何年も暗躍したとされた。捜査官は四〜五〇代、階級は下士官でした。反北意識は筋金入りで私への憎悪は凄まじい。獰猛な野獣のように目が血走っている。人間のものとは思えない。

でもある日、捜査官の一人が「今日は娘の卒業式だ。記念撮影に行きたい」と心配そうに言うんです。「え、この人、人間的な感情があったのか、家族もいたんだ……」、その落差に愕然としました。衝撃は他にもあった。私は医学生ですが、毎朝、軍医が「具合はどうだ、痛いところはないか」と親切に問診する。拷問の苦痛を知らないはずがない。後輩の私を、どんな心境で診察していたのか……。それ以上に堪えられないのが毎晩聞こえる悲鳴。地下室から学友が拷問され、人間のものとは思えない悲鳴が漏れ聞こえてくる。どれだけ耳を覆っても響く。拷問が作るのは思考しない人間。二度と体制に歯向かう意識を持たない人間に作り変えていく。屈辱から自分を全否定する。敗北意識を徹底的に味わう。もう自分には何の価値もないと……。

死の淵――西大門刑務所

「みんな会話してますよね、当時はみんなうつむいて、無言でした」

忌まわしい記憶に向き合う旅。康さんは地下鉄に乗った。大学生が肩を寄せ合い、会話を楽しむ。独立門駅で降り、階段を上ると目の前に西大門独立公園が広がる。入口に聳えるのは高さ、およそ一五mの白っぽい御影石で造られた独立門。日本からの独立を寿ぐものではなく、日本が朝鮮を清の軛から独立に導いた日清戦争の勝利を記念する。周囲は岩肌を露わにした峰々に囲まれ、風が吹き抜ける。公園の北側には板門店に続く道路が北西に伸びる。この道路沿いに緩やかな坂を歩くと、高さ四m五〇cmの赤い煉瓦の壁が近づいてくる。五分ほどで着いたのは西大門刑務所歴史館。韓国の受難の歴史を伝えるべく一般公開されている。康さんはここに七六年一月に収監された。

〈この大学のような厳かな建物は――〉

私が最初に投獄されたソウル拘置所です。当時はソデムンって呼んでましたね。あそこに見える見晴台が入り口ですよ。日本の植民地統治から独立を求めた朝鮮人を拷問し、戦後は韓国政府が民主化や統一を求める同じ民族を処刑した。在日の青年もここに幽閉され、死線を彷徨った……、極端な負の歴史の現場です。

〈市街地から近いですね〉

街の中ですよ。獄舎は二階建て。一階に入れられたら、向かい側の獄舎の建物しか見えないけれど、二階だと、トイレの鉄格子の窓から、山がみえる。あのイナン山が見えるんですね。外に出られないけれど、あの山だけが、日々の季節の移り変わりを教えてくれる。春の新緑や、夏の紺碧の空、冬の枯れた木々……、たった一つの、唯一の外の風景ですね。

〈この窓だけですか、これだけ街に近いのに〉

そう、見える社会があそこだけですよ。それも、たまに二階に移されると見えたというだけで……、あの山を見ると、あの日々が今でも思い出されますね。

西大門刑務所歴史館は日本統治下から使われる施設の一部が保存、復元されている。一九〇八年、京城監獄として創られ、日韓併合後は西大門監獄に改称される。ここで独立を求めた人々が投獄され、処刑された。朝鮮半島で最大の監獄だったが、日本の敗戦を機にソウル刑務所と改称される。その後、北朝鮮の工作員そして軍事独裁に抗った人々に死刑が執行された。六一年にソウル矯導所、六七年にソウル拘置所に改名され、韓国民主化後にソウル郊外に移転するまで使用される。九二年八月一五日、刑務所跡地を含む周辺が西大門独立公園となり、九八年、西大門刑務所歴史館が開館。獄舎や監視塔、そして拷問室と取り調べ室、強制労働の作業所が展示されている。獄舎一階の展示コーナーには「自由と平和への八〇年」を資料、映像で紹介。二階は「民族抵抗室」。韓国のジャンヌ・ダルクと呼ばれ、三・一独立運動を牽引し一八歳で獄死した柳寛順の肖像画も置かれている。収監された独立運動家およそ五〇〇〇人の写真が壁全面に貼られ、収監者の遺物も公開されている。屋外にある死刑執行場には平屋の建物が造られ、傍に枝葉のない、漆黒のポプラの樹だけが遺されている。

〈康さん、あの樹しかないんですね〉

はい、あの下で死刑が執行されました。刑場ですね。小説や映画で「刑場の露に消える」といいますが自分が刑場に送られるとはかつて、想像もしなかった。でも実際、死刑判決を受け、ここで死刑囚としての日々を過ごした訳ですけど、いつ刑場の露になっていても不思議ではなかったですね。

痛哭のポプラ。
刑場に向かう死刑囚がこの木に向かって最後の訴えをした。
明滅する生と死。
康さんは封印してきた記憶を少しずつ口にした。

とにかく寒かった。七六年一月一六日、気温は零下一五度でした。取り調べが終わり、とっぷりと暮れた街中をジープに乗せられてここに来た。精神も身体もボロボロでした。車窓から市民が見えましたが、別世界に住む人たちだと感じました。門を超えた瞬間、私はまた、本名を失いました。囚人番号六七七番。釈放されるまで一三年間、私に与えられたのは数字でした、ちなみにその後刑務所を移るたびに三五九五、三二四四番になる。身体検査の後に薄っぺらい囚人服が与えられる。そしてプラスチックの容器と竹の箸、これが私の全ての持ち物でした。鉄の扉に触れた瞬間、あまりの冷たさに手が張り付くかと思うほどでした。

収監されたのは獄舎の二階。中央廊下を挟んで右から一五、左から一〇室目。看守は二人。二四時間、交代で監視にあたっていた。

私は常に見られていました。私が入れられたのは定員五名の空間。なのに床面積は僅か一・七五坪。日本の畳で三畳ほど。私は最初こそ一人でしたが、横の部屋では八人も入れられていた。窓は監視用の小さな窓と通気用だけ。ガラスだと割ると凶器になり自殺が起きるのですべてビニール、その向こうは鉄格子。暖房は一切なしでした。薄い筵と擦り切れた軍用毛布一枚と綿の薄い布団だけ。夜も寒くてがたがた震え何度も尿意をもよおす。トイレはなく、隅にベニヤ板を二つ折りにした屏風らしきものがある。除けるとゴミ箱がありました。フタを開けると凄まじい臭い。吐きそうになりました。
体も精神も限界なのに目を閉じる事ができない。水道の音、電灯が消える音が水拷問や電気拷問の苦痛を思い出させ、身体が硬直する。気がつくと朝でしたが、バケツの水がうっすら凍っていました。

光が入らない独房、虱と南京虫が全身を這っても一切気にならなかった。

廃人のようでした。拷問は肉体より精神に致命的な傷を残す。恐怖は全ての感情を支配する。自負やプライドも、祖国に人生を捧げる生きがいも失いました。人間としての良心、信念が徹底的に踏みにじられ、粉々に砕かれた。
拷問した捜査員には怒りや憎しみはなかった。不思議ですが、恐怖と屈辱で惨めな自壊状況に陥ると人間は怒ることすらできなくなる。人間ではありませんでしたね。

生と死の分岐点

入所後は検事による取り調べがあった。軍人と違い、法の番人である検察官に康さんは一縷の希望を抱く。だが期待はすぐに霧消する。保安司令部の調書に検察は一切疑義を挟まず、「自白」を引き継いだ。取り調べ中も、頻繁に保安司令部へ召還され、拷問を受けた地下室の前を歩かされた。耳元にそっと「調書を否定して、帰ってくるか」と囁かれた。

法の支配の不在。七六年一月、ソウル地方検察庁は「ソウル大学医学部を拠点とする学園浸透スパイ事件」を起訴する。囚われの身になった康さんに気力は遺されていなかった。

胸に赤いマークを着けられました。赤です。刑務所は「反共、反北」のイデオロギーの最前線です。国家保安法違反者は一目でわかるようにされた。独房の扉にも赤い札が下げられた。一審までは百日でした。その間、とにかく寒い。昼も気温は零下一〇度。下着はペラペラで寒さが身に沁みました。日本の家族にも連絡できず、ソウルにいた親戚も「北のスパイ」を身内から出したことに怯え、衣類や毛布の差し入れどころか面会も拒んだ。ガタガタ震え、小さな窓から差し込む陽光が唯一の暖房です。微かな光を浴びようと座る位置を変える。陽が射すのは午前九時から午後三時までだけ。夜は部屋中が凍てつき、呼吸に含まれる水蒸気が床と壁に氷の膜をはる。七、一一、一六時の食事だけが楽しみでしたが、夕食後の一五時間の空腹が耐えられない。二〇時に就寝ラッパがなってからが地獄。精神と身体は表裏一体、たらふく蒸しパンを食べる妄想が頭から離れない。日本でぬくぬくと育ってたことに気づきましたね。動物の次元まで落ちた。

裁判が始まった。一審では検察の主要尋問が終わるまで非公開で、家族以外の傍聴は認められない。傍聴席には康さんを拷問した保安司令部の捜査官が並ぶ。五〇〇ページの起訴状は大半が「自白」。康さんには裁判の知識もなく、反論もできず、弁護士も頼れなかった。

駆け付けた親族が何とか弁護士をつけたけれど、第一声が「やったのか、やってないのかどうでもいい、とりあえず反省しなさい」。まともに弁護しない、繰り返すのは「自分は共産主義者じゃないから転向しますと、温情にすがりなさい」。当時の法廷は北のスパイを弁護すると拘束される時代、何をやっても無駄だなとなっていく。否認も暴力で封じこまれる。起訴内容で絶対に認められない部分を否認すると、保安司令部の捜査官が裁判官に目配せする。裁判は中断し、翌日、保安司令部に呼び出され、拷問される。拷問の恐怖をどうしても克服できない。

今になって思うと何故、一審で法廷闘争しなかったのか。忸怩たる思いです。でも国家権力の暴力に屈服した敗北感に陥ると、自分が揺らぐ。立て直せない。どうしても超えてはならない一線を守るだけで精一杯でした。共犯とされた学友を救うこと。スパイ幇助罪が適用された友人を売らない。これだけが人間でいられる最後の砦でした。

当時、六か月以内に一審を終える規定があり、裁判は異例の速さで進む。国家保安法違反をめぐる裁判での無罪判決は殆どなく、裁判官は機械のように審理し、検事も起訴内容朗読中に居眠りした。あっと言う間に審理は終わり、検察の求刑が迫った。

まるで他人事のようでした。担当検事が何十分も私をこれでもか、これでもかと罵倒し、最期に言い放ちました、今も忘れない。「反共を国是とするこの大韓民国において被告、カンジョンホンのような北のスパイは生存を許可することができない。極刑に処すべきである」と。予想はしていましたが、実際に「死刑」という言葉を聞いた時、全身から汗が吹き出し、身体中が熱くなりました。血が煮えるようでした。「一体、俺が何をしたというんだ」という、たとえようのない怒りでした。

求刑を終えると検事はそそくさと退場、判事は休廷を宣言。弁護人の最終弁論と被告人の最終陳述は昼食の後にされた。裁判中、康さんは裁判所にある被告人待機用監房に収容されていた。一m四方の独房に戻ると、配食窓から大根の醤油づけがのった雑穀飯の椀が突っ込まれた。審理の日はいつも極度の緊張で食事どころではない。だが、この日は違った。発言の機会は最終陳述だけ。在日留学生の立場を整理し、冷静に容疑を晴らさなければ生は閉じられる。自分の全存在を懸けて立ち向かう決意が沸き起こった。

死刑を求められる。ああ、そうか、俺はこの国では生存を許されない人間なのかと。いや違うだろう。解りましたと受け入れ、死ねないだろうと。なぜ自分が、生まれ育った日本で差別を受け、民族、祖国への思いから留学した人間が、何をしたんだと。この国が民主的になってほしいと願ったし、分断を少しでも解消したいと思うだけだと。この主張をせずに、スパイだと罵倒され、お前に生存を許さないと言われ、このまま死ぬわけにはいかないと思ったんですよ。

その時、目の前の粗末な食事が目に入る。この時、俺は闘うぞ、そのためにこの飯、全部食べてやると思った。普段は緊張しているから食べられない、両手、縛られてますしね、だから、犬のように食う。口でガツガツ食らう。ここから俺はもう一度立ち上がる、今まで手をつけたことがなかったこのご飯を全部食べようと、麦や米を一粒一粒、噛んで、噛んで、噛んで飲み込む。

裁判は午後に再開された。康さんがおもいを訴える最後の機会だった。

今しかない、ここで、言うこと言わないといけない、でも言葉が出てこない。思いだけが先走り、言葉が出てこない、必死でしゃべりだすと判事が「わかった、もういい」と制止する。それを振り切り、主張する。時間にして二、三分だけだったけれど、たどたどしい言葉で必死に、初めて言った。

「私は決して北のスパイではない。民主化と統一を願う在日韓国人の一青年として、祖国の若者たちと共に生きたいと素朴な心情から留学を決意した。友人たちを拷問による自白で事件に巻き込むのは許しがたい反共宣伝である」と。

何にもなりませんでしたが、自分のなかでは転機になりました。

審理は終わった。夕方、拘置所の保安課に連れていかれた。係員は口調だけは優しかった「死刑の求刑があると手錠をはめる規則になっている。自殺を防止し、あくまでもお前を保護するためだ。誤解するな。死刑が決まったわけではない、二審、三審がある。悲観するな」。だが、冷ややかな態度には「死刑は当然だ」という真意が滲んでいた。

秋に二審、そして七七年三月一五日、最高裁は上告を棄却。死刑判決が確定。死刑囚は原則、二四時間手錠をはめられる。右手、左手用をつなぐ鎖の長さは一〇cm。看守が必要と認めた用便や着替えのときのみ、片手分だけが解錠された。

死刑囚に安眠はありません。死刑が確定すると半年以内の処刑が原則でした。当時、国家保安法違反での死刑確定囚は同じ獄舎に一〇数人。私は二五歳。最年少でしたが、いつ執行されるか解らない。その上、仰向けになっても手錠によって両肘が床に着きません。眠りに落ちても、身体が少しでも動くと、どちらかの腕が引っ張られる。不思議なもので手錠をされると身体だけでなく精神も束縛され、心の自由を失う。巡察する所長や看守は必ず死刑囚の手錠を確認する。その度に屈辱を覚える訳です。夜中にも起こされ、確認される。いつの間にか権威に従順になる。死刑囚への手錠は植民地統治の遺産です。敗戦後、日本の刑務所で廃止された制度が韓国では残される。無くなったのは私が釈放後です。

拷問による傷と手錠は心身に傷を残しました。無理な姿勢を続けたため、腰と背中に慢性的な神経痛があり、今も痛みは消えない。今も夢の中で手錠を解こうともがき、寝汗で起きるのも珍しくありません。

思想戦

囚われた獄中は「ニュース沙漠」だった。韓国や日本を知る窓口である新聞や書籍、テレビにラジオなど一切のメディアから隔絶され、時代に触れることは許されなかった。検閲された手紙と差し入れられた数冊の本だけが全てだった。康さんは思考、良心を育む糧を奪われる痛みを肌で知った。

慈雨という表現がありますが、獄中は分断された空間です。外部からの情報、ニュースを絶たれると、自分の居場所が揺らぐ。どこに立っているのか解らなくなる。それは不安であり何よりの苦痛です。歴史の流れ、言わば時間軸。日本と朝鮮半島のどこに自分は位置づけられるのか、いうなれば空間軸。この座標軸があってこそ、自分の現在地を知り、自己の存在を証しできる。

この座標軸は新聞記事などの報道によって日々、形づくられる。獄中では入所者がもたらす記事こそ慈雨でした。言葉の一つ一つが体に染み入り、思考の礎になるのが体感できる。特に報道の自由のない韓国よりも日本の新聞記事が大事でした。飢えに耐えるよりも、韓国や日本社会を映し出す記事が読めない状況に耐える方がずっと辛かったですね。

社会と時代から遮断された獄中の日々。外部との唯一の回路が裁判と面会だった。

一審後、康さんに家族との面会が許可された。だが、弁護士を通じて家族に面会にも、傍聴にも来ないで欲しいと頼んだ。いくら民主化の大義名分があろうと、息子が罪人にされる最大の親不孝を見せたくなかったからだ。

夏、母が大阪から駆け付けた時、康さんは言葉を失った。ふっくらしていた顔が半分になったように見えるほど痩せこけ、囚われてから数十年以上経ったかの如く憔悴していた。康さんの小学校の同級生だった報道カメラマンが遺した写真集『良心囚のオモニたち』には刑務所の前に独りでぽつんと立つ母の姿がある。

電柱を背に重い荷物を地に置き、うなだれ、肩を落とし、目を閉じて両手を組み、静かに祈りを捧げる。四〇代の母の頬にはくっきりと苦悩の皺が刻まれ、全身から儚さが漂うように見え、影の方が存在感を感じさせた。

はじめての面会は鉄格子と小さな穴が開いたプラスチック板越しだった。時間はきっかり一八〇秒。康さんを一目見るや大声で泣き崩れる母の手も握れず、言葉も聞こえづらかった。立ち会った看守は会話の全てを記録し、日韓のニュースや康さんの事件に関する話題を制止した。親子は互いの安否を確かめ合うだけで精一杯だった。康さんは終了間際、精一杯の笑顔で叫んだ。

オモニ、死刑判決を受けたけど、心配せんでください。誰かを殺したり、何かを盗んだわけではありません。周りの人と国の愛し方が違っただけです。

〈分かってる。誰が何と言おうとお前は私の子。信じてる、でもその手、どうした〉
死刑囚はみんな手錠をはめる規則です。
〈一晩中、寝る時も〉
はい、もう慣れましたから大丈夫です。

母はハラハラと落涙した。康さんは何か慰めの言葉がないか探した矢先､看守が「面会終了」を告げた。一三年続いた獄中の歳月、母が涙を見せたのは、これが最初で最後だった。何度訪れてもいつも笑顔だった。一方、父は感情の制御ができず、激情が昂ぶり、号泣した。

康さんの身を案じたのは家族だけではない。日本では中学や高校の同級生や恩師が集まった。天王寺高校の牧野さんは振り返る。

捕らえられたと聞いて、崩れ落ちるほどの衝撃でした。もう、あれこれ考えるよりも、とにかく何かしなければいけないと、自分にできることは何だろうと必死でした。とにかく、その日の内に同窓生に片端から電話をかけて、「こんな事があった、どうしよう」と、で、とにかく集まろうと、一五人近くが駆けつけた。行動が先に立ちましたね。泣いてる暇なんかなかった。

牧野さん達は幾度もソウルに向かった。民主化運動に身を投じた牧師や大学生に会い、元大統領や政治家に康さんの無実を訴えた。裁判資料を読み込み、康さんが北に渡ったとされた時期、北海道旅行をしていた事実を立証しようと全ての民宿やユースホステルを訪ね歩いた。投宿録を調べ、証言を記録。康さんと共に投獄された留学生の救命運動と連携し、署名運動を全国で展開。韓国の裁判所に送付した。しかし、日本政府は動かなかった。一部の政治家は請願に耳を傾けはするものの、実際に行動しようとはしなかった。ＫＣＩＡや保安司令部など三大情報治安機関も日本からの救命運動を阻んだ。「北のスパイ」とされた留学生家族を訪問し、釈放をちらつかせて運動から身を引くように要請、見返りに多額の現金を要求した。「在日韓国良心囚の名誉回復を求める会」活動記録集によると

一日でも早く、愛する息子、娘を苛酷な監獄から解放したいという親の情を利用した詐欺行為を（韓国の）国家公務員が行っていた。その公務員が国家保安法に違反するスパイ摘発の功労者として表彰され、多額の功労金と恩給で暮らしている。国家安寧のため国事犯を摘発すると言いながら、弱い立場の在日韓国人をだまし、私服を肥やした。

情報機関は韓国で「思想戦」を展開。「日本では北の工作員が自由に暗躍。在日は洗脳され、反韓国政府活動に関係している」とメディアを通じた防諜キャンペーンを企画。結果、韓国社会で在日への警戒と偏見が助長され、康さんら死刑囚への支援を封じた。

獄中の祖国

監獄は軍事独裁が吹き荒れる韓国の自画像だった。康さんは死刑囚になったため一般刑事犯との雑居になった。詰め込まれたのは畳三畳の大きさの小部屋。同居者は八人。罪状は暴力、窃盗、強盗、詐欺に贈賄……と千差万別。年齢も一〇代から七〇代まで。あらゆる階層の人々と同じ釜の飯を食う日々だった。康さんは四年間留学しても、自分が如何に韓国を知らなかったのかを思い知った。

ここでは人間性がむき出しになります。地位や学歴、財産なんて全く関係ない、人間の価値が問われる。一切れのパン、バケツ一杯の水、一枚の肌着が貴重な環境でした。聞こえの言い正論よりも、協力しなければ生きられない。周りの人々をどれだけ思いやり、大切にできるか、偽らざる生き様を共同生活のなかで示すしか、信頼は得られませんでした。

一日に与えられる水は一部屋にバケツ二杯。食器一杯分の飲み水だけは一人一人に与えられたが、八人が洗濯、清掃、身体を拭くのも全て、バケツ二杯のみだった。誰もが最初は自己を優先し、喧嘩は絶えなかった。特に政治犯には最初、敵意が示された。

衝撃を受けたのは激しい北への憎しみでした。同じ民族で何故、これ程憎悪を燃やせるのか、不思議でした。でも現実です。同室の人々にとって北は朝鮮戦争で南に侵攻し、膨大な命を奪った。休戦後も武装ゲリラとスパイを送り込むテロ国家。独裁と個人崇拝の下で自由も人権も踏みにじる貧しい社会です。韓国の教育とメディアが北への不信と敵意を創り、同胞意識を圧倒してゆく。北のスパイを排除しようとするのは当然です。相部屋になった瞬間、私への警戒心を隠さない。軍事独裁の矛盾や統一について理路整然と話しても「学生は青臭い、現実を見ろ」と相手にされない。理想より、行動を信じる。ぶつかり合いは絶えません。

でも、死刑囚以外は二、三か月で釈放か他の拘置所に移る。必然的に私は牢屋の主人になってゆく。ソウルでは数百名の囚人と共に暮らしました。時間、空間をともにし、嫌でも助け合う日々のなか、敵意が少しずつ、消えてゆく。

奇しくも同じ時期、後の大統領、文在寅もソウル刑務所に収監されていた。朝鮮戦争によって北朝鮮から避難した両親の下、釜山の近くで育った。貧困に屈せずに慶熙大学に進学。在学中に朴政権に反対する民主化運動に関わった容疑で逮捕される。康さんは文と言葉を交わす事はなかったが、一瞬、すれ違ったことを忘れなかった。死と隣り合わせの監獄の日々、絶望の空間は「本当の大学」だった。

刑務所というのはその国の縮図です。色んな階層の人が全部入ってくる。中には暴力団、ワイロを貰った公務員、あるいは詐欺を働いた人、ありとあらゆる犯罪者が入ってくる訳ですね。でも、それは韓国社会そのものでした。その混沌、坩堝のような監獄で、学生時代と違う意味で、違う角度で、私は自分の国を学ぶんですね。

留学当初、目標にしていた祖国の社会を隅々まで見て、学びたい。あるがままを知り、同じ時代を生きる若者と意見を交わしたい。この留学時代に十分できなかった夢を、拘束された獄中で、毎日の生活の中で体験する。

決して奇麗事で、勉強になったとか、言えない部分もたくさんあった。苦痛な部分も衝突もあった。狭い空間で、大変な密度で、大変な水不足です。皆、我侭を言い出したら生活にならない。否でも共同生活しなければならない。少しでも周りの人が精神的に楽になれるように配慮しないとだめなんです。その配慮を通して、苛酷な空間を人間が住む環境に変えていこうとする。

生と死が交錯する獄中で康さんはむき出しの人間と出逢った。生身の人格と人格が同じ時、同じ空間を否応なく共にする。あらゆる虚飾をはぎ取られた極限状況を生きる人々は韓国の鏡像だった。

人間のどうしようもない醜さと共に、人間の本当に美しい部分を何度も見ました。

刑務所というのは人間の醜悪と崇高が混在する「社会」ですよ。時にはケンカし、時に助け合う。私は手錠はめているから、不便ですよね、服を着るのも、彼らの助けなしではできない。そんななかで社会生活を全く経験していない、頭でっかちな大学生がもまれる。貴重な日々した。いい意味でも悪い意味でも。その中で私は人付き合いを覚え、韓国社会の現状やあり方、矛盾を、彼らから教わりました。

康さんが求めた祖国は、獄中にあった。

人間性が露わになる究極の日々は四七五〇日。この歳月は康さんに分断国家・韓国の現実を教えた。刑務所の「名言」は推定無罪ならぬ「有銭無罪、無銭有罪」。政治犯以外にとって刑務所は文字通り、地獄の沙汰も金次第だった。軍事独裁下、不正がはびこり、罪の軽重も賄賂が差配。同室に幼くして両親と死別し、小学校に通えなかった若者がいた。軽微な窃盗罪だったが身寄りも金もなく弁護士を雇えなかった。康さんがハングルの読み書きを教え、同室の人々と共に控訴理由書を代筆。一方、恰幅よく、腹の突き出た中年の紳士は賄賂で仮釈放をつかみ取る。高麗人参輸出業を営む紳士は贈賄で有罪判決を受けたが著名弁護士を雇い、一週間で出獄する。康さんは毎日、「講義」を受けた。「康君、世の中はカネだよ。特に、ここ韓国ではね。みんな平和を望むわけじゃない、対立や戦争は儲かるんだよ。私は賄賂を贈って拘留されたけど、賄賂でここを出る。君も事業を学んで金儲けしなさい。金こそ正義だし、正義は買えるんだよ」。

教育の持つ影響力も思い知った。康さんのいた部屋の向かい側に少年囚が収監されていた。間隔は二〇m。大声で話せば相手に届く距離だった。毎朝、少年が康さんに叫んだ。

「赤は嫌いだ。北のスパイは死ね」

どのような反共教育を受ければ、これほどの敵意を抱けるのか、良心の呵責はないのだろうか。康さんは暗澹たる思いになった。助け合いの中にも裏切りが潜んだ。政治犯は当局から「要視察者」として分類され、囚人服に赤い徴がつけられた。看守は日々の生活態度を記録し、ＫＣＩＡや国家保安部に詳細に報告した。内容は細微にわたり、差し入れの本の内容、面会の様子、食欲や健康状態まで緻密を極める。看守は同室の囚人を「面会だ」と呼び出し、康さんの思想動向を問いただした。良心は絶対ではない。獄中には普遍的な正義も善もない。そして自分以外の存在との関係性からしか良心は顕現しない。

ある日、康さんは年下の窃盗犯から耳打ちされた。「兄さんの生活態度や発言について聞かれたよ。政府批判しないし、反省しているとごまかしたけど、言葉には気をつけて。北のスパイってことで、反感持つ人も少なくないから」。

交わらない「赤」と「黄」——獄中の民主化闘争

獄中には民主化運動に身を投じた牧師や弁護士が次々に送り込まれ、常に満員だった。当時、収容者は信号機のように赤、青、黄の三色に分類された。赤は康さんら国家保安法、反共法違反の公安事犯。青は殺人など凶悪犯。黄は戒厳令など、緊急措置違反の時局犯。この赤と黄の間隙は容易に埋まらなかった。

七六年、三・一独立節を記念するミサが明洞《みょんどん》大聖堂で執り行われた。この韓国カトリック教会の総本山で尹潽善元大統領（任期60–62）や民主化闘争を主導する金大中、南北統一運動をリードした文益煥牧師らが「民主救国宣言」を発表。言論の、集会の、思想の自由を掲げ、拘束された人々の解放を訴えた。朴政権は政権転覆を謀った扇動と反発し主導者を拘束。金大中は康さんのいる獄舎の独房に収監された。康さんは直接話す機会はなかったが、看守に連れていかれる金大中の後ろ姿を目にする。

七七年、民主化を求めるデモが相次ぎ、三月一日、獄中でも「黄」に分類された緊急措置違反者が一斉に「維新体制撤廃。政治犯釈放」を叫んだ。監獄でデモはできないものの、鉄格子の窓から大声で朴政権を糾弾したのだ。後に「声討」と呼ばれるこの運動を抑えようと看守が制止に乗り出しても声の多さに太刀打ちできなかった。それでも康さんたち「赤」と、この「黄」には越えがたい壁があった。

残念ながら、私たちは「声討」に合流できませんでした。軍事独裁に反抗し、民主化を目指す運動はあくまで反共の国是が前提でした。「黄」は国家保安法違反者ではありません。反政府運動であっても国是そのものへの抗いではない。刑期も長くて三年です。私たち「赤」は国是の克服を目指しました。武力での統一ではなく平和的な統一、まず北を対話の相手と認め、存在を認める事から始める。その上で連邦制による統一を志向した。決して北の支持ありきではないし、北に吸収されるのではない。

日本で育った在日には北、南、共に支持者がいる。武力統一、赤化統一が不可能なように反共統一、北進統一も非現実的です。この点だけは譲歩できません。

拘留された学生や運動のリーダーが断食闘争に入ったが、康さんたちとの共闘を峻拒。「赤」が民主化運動に加わることによって国是違反と見られることを極度に警戒した。

権力の民衆支配の鉄則は「分断して統治せよ」。いつの時代も権力は分断を創り、民衆の間にくさびを打ち込みます。

耐え忍ぶのは本当につらかった。そんな中、この年、私は別の獄舎に移されました。そこで出会った牧師から貴重な教えを受けました。高邁な人格に触れる事ができたのは一年足らずでしたが、幸せでした。

夜と霧

康さんが出逢った朴炯圭《パクヒョンギュ》牧師は韓国民主化の主柱だった。幾度も投獄され、政権から教会堂でのミサを妨げられても路上で礼拝を続けた。韓国キリスト教会の立ち位置は三八度線上と語り、分断の苦痛に向き合うことを使命とした。日本も訪問し、在日の状況の理解に努め、誰よりも真摯に統一問題を研究した。その、微塵も揺るぐことのない信念は獄中生活に現れた。読書、運動、読書、祈りと規則正しく、謹厳な日々を送っていた。康さんは死刑囚であることで学びを遠ざけ、自暴自棄になりがちな自身を恥じた。

朴炯圭牧師の清冽な生き様は死に支配されたアウシュビッツから生還した精神科医V・E・フランクルに重なる。フランクルは人間の残虐さから目を逸らさず、人間の本質を見つめ、崇高さを後世に遺すことを使命とし、命がけで『夜と霧』を書いた。

フランクルは一九〇五年、オーストリアのウィーンで生まれた。精神科医になり心理学を研究。三八年、祖国はナチス率いるドイツに併合される。ナチスは徹底的にユダヤ人を迫害。諸悪の根源をユダヤ人に求め、「最終的解決」として組織的にユダヤ人を殲滅する「ホロコースト（大量虐殺）」を引き起こす。フランクルもユダヤ人であるがゆえに妻と両親を殺され、生と死が明滅し、交錯する絶滅収容所で夥しい死に直面する。希望と尊厳を踏みにじられる状況で問い続けたのは「人間の価値」だった。

極限空間で混在するまったき善とむきだしの悪。きりむすぶ美と醜。

一切れのパンを奪い、死者の衣服をはぎ取り、弱りゆく者を冷気からの壁とする人、看守に取り入り、他者を蹴落とす人。一方で飢えた子どもに自分のスープや衣服を与え死にゆく人、両親を亡くし泣き叫ぶ幼児に子守歌を届けながら死を迎える人がいた。衰弱し動けなくとも、他者に微笑みかけ、子どもに優しい眼差しをおくる人がいた。

腕に刻まれた入れ墨の数字以外、一切、持てるものがなく、全ての力を奪われても、他者にどのような態度を取るか、その自由だけは奪われない。フランクルは三つの価値に思い至る。

一つ目が仕事や活動を通して何かを創り出す創造価値。二つ目は恋愛や挑戦、失敗や挫折、再起と絶望、様々な経験を通して人生を生きる体験価値。そして三つが態度価値。たとえ労働ができなくとも、経験ができなくても、他者に対する態度が価値を持つ。何も持っていなくとも弱者の背中を撫でる。話を聞き、うなずく。微笑みかけ会釈する、それだけで他者を認め、肯定する。フランクルは言う。

強制収容所がすべてを奪ってもたった一つのもの、即ち与えられた事態に「態度を取る」最後の自由を奪い去ることはできない。創造価値や体験価値が奪われても態度価値を実現する機会だけは奪われない。

態度価値こそ、フランクルが見出した「人間の条件」だった。フランクルの言葉は康さんが獄中で会った牧師が身をもって示していた。

絶望の深淵で気づいた人間の価値。

フランクルが呼びかけたのは「人生を問うのではなく、人生からの問いかけに答えよ」。

自分ではどうしようもない環境を嘆くのではない。目を凝らし、耳を澄まし、他者とまみれ合う関係性を築いてこそ、生きる価値が生起する。康さんが仄かな希望を抱きはじめた時期、死の影が近づいていた。

幾多の民衆が落命した光州事件が迫っていた。

死の影

康さんの獄中生活が三年目になった七八年、「黄」と「赤」が歩み寄る画期が訪れた。韓国の民主化運動の牽引者四〇二人と、一二の団体は「民主国民宣言」を公表。そこにはじめて「統一を志向する」と書かれた。黄が求める民主化運動と赤が願った統一が初めて一つになった瞬間だった。この直後、金大中は釈放され、民主化運動は本格化する。

一方、監獄では政治犯への締め付けが強化され、ほぼ毎週死刑が執行された。そんなある日……

顔なじみの一般囚が言うんです。「ネクタイ工場」の掃除をさせられたって。「ネクタイ工場」は囚人用語で死刑場を指します。普段は掃除しないので、嫌な予感がしました。在日の処刑はそれまでなかったけれど、再審請求も棄却された私です。日本との外交関係から死刑は遠いだろうとの楽観は吹き飛びました。死刑が一番多いのは年末です。ですから一二月になると刑務所の中は毎日、張り詰めたような緊張感が漂います。大体、朝九時に一時間交代の勤務が始まる。点呼を終えた後、五分ずつ運動がある。この「運動開始」という、看守の号令がかかると、その日は死刑がない、執行のある日は受刑者を外に出さないんです。号令で死刑囚はほっと安心する。刑務所に何回も入ってくる一般囚もよく分かっている。でも一〇時、一一時になっても号令がないと死刑執行があると思って間違いなかった。

その日に備え、せめて何か、家族と友人に何か伝えたいと願いました。

この時期、検閲が厳格化され、思うように手紙を書けなかった。思い悩んだ康さんは率直な心情を一遍の詩に託す。『クナリオンダ（その日が来る）』。すぐにできたが、紙はなかった。少しでも記憶が続くように今までやったこともない作曲にも挑んだ。四苦八苦したものの、敬愛する朴牧師の助けもあり、何とか完成させた。

「クナリオンダ（その日が来る）」（作曲・詩　康宗憲）

自由を求め　たたかう道で
監獄は　不死鳥を育てるところ
銃剣を持つものたち　行く手を阻むとも
固い心を　くだけはしまい
民衆の心に　自由の種をまこう
民主回復の　その日が来る

統一を求め　たたかう道で
牢獄は　青春を燃やすところ
暗い雨風　吹き荒れようとも
掲げる烽火を　消せはしまい

民族の胸深く　統一の樹を植えよう
祖国統一の　その日が来る

「その日」とは政治犯とされ、有罪とされた在日が家族、友人のもとに戻る日であり、軍事独裁の圧政が終焉し、韓国が民主化され、良心の自由が侵害されない日である。

「その日」は在日だけでは掴めない。日本の市民との協同の先に「その日」はある。

朴炯圭牧師はこの曲を忘れず、出獄後、民主化運動に参加する度に歌った。獄中の在日留学生の釈放を、この獄中歌で広く訴えた。歌は海峡を越える。日本で支援運動を続ける人々に届けられ、歌い継がれるようになる。だが、「その日」は遠かった。七九年一〇月四日、朴正煕は後に文民政権を樹立する野党党首・金泳三を議員除名。この暴挙に金泳三の出身地域にある釜山大学と東亜大学の五〇〇〇人以上の学生が街頭デモを繰り広げ、市民も合流、派出所が襲撃される事態となる。「釜馬事態」と呼ばれるこの民主化闘争は激化し、朴政権は再び戒厳令を敷く。この事態の最中、ＫＣＩＡ（韓国中央情報部）第八代部長・金載圭がＫＣＩＡを創設した朴正煕を射殺した。この事件は報道統制によって直ぐには伝えられなかった。康さんは翌日、一斉放送で「大統領閣下が逝去」の報に触れる。一八年に及んだ軍事独裁政権の終焉。それまで抑圧されてきた民主化への気運が一気に蠢動。看守たちは動揺を隠せず、康さんに帰趨を訪ねた。だが軍事政権は終わらない。済州島以外の韓国全土に戒厳令が出された後、国軍保安司令部司令官だった全斗煥ら軍の新勢力が戒厳司令官を逮捕する粛軍クーデターを挙行。軍が全権を掌握した。康さんのいる監獄には朴暗殺に加担した六人の死刑囚が収監され、五人が処刑された。

八〇年春、新学期を迎えた大学で民主化を求める声が沸騰。五月一五日、ソウル駅前の広場に一〇万人の学生、見守る一〇万人の市民が集結。「ソウルの春」と呼ばれる闘争が全国に広がった。この二日後、全斗煥は国会を解散。一切の政治活動を禁止し、大学を一斉休校にする。金大中を検挙し、民主化運動の主導者を逮捕。軍は韓国全土に展開、政権に抗う動きを徹底的に封じこめた。唯一、光州を除いて。

五月一八日、韓国南西部の全羅道地域の中心都市・光州で学生たちが休校令を破った。民主化を求め、市民と共にデモを敢行。この動きを抑え込もうと全斗煥は戒厳軍に出動命令を下し、武力で市民を虐殺した。この「光州事件」は二七日まで続いた。韓国では「5・18民主化運動」と呼ばれ、後の民主化実現の原点と位置づけられる。

軍は空挺部隊を派遣し、丸腰の市民を無差別に銃撃。堪えかねた人々は銃を手に市民軍を結成。無慈悲な殺戮に抗った。軍は光州へ続く道路を完全封鎖。戦車と空挺部隊は市民軍に砲撃を加えた。光州の市民は投降して生き残るよりも、命を代償に祖国の民主化に殉じる道を選ぶ。市民軍は完全制圧されるまでの一〇日間、死を省みず、戦った。当時、犠牲者は一九三人と発表された。この蜂起に生を賭した高校生が歌ったのが「われらの願い」だった。元々一九一九年三月一日、日本の植民地統治支配からの独立を宣言した三・一独立運動を記念するために四七年三月一日にラジオ番組で放送された子どもオペラの挿入歌だった。

「われらの願い」（作曲・安丙元　詩・安硯柱）

われらの願う統一　夢にえがく統一　いのちかけて統一
統一をよぶ　民族を生かす統一　国とりもどす統一
統一よ　早く来い　統一よ　来い

われらの願う自由　夢にえがく自由　いのちかけて自由
自由をよぶ　民族を生かす自由　国とりもどす自由
自由よ　早く来い　自由よ　来い

光州事件の全容は今も明らかになっていない。韓国メディアの取材は規制され、記事は検閲され、軍の発表をそのまま報じたため、現地に命がけで潜入した外国メディアの報道以外に検証する手掛かりも残されていない。密かに埋められた遺体もあり、行方不明者を合わせると、実際の犠牲者は数倍とする説もある。

康さんは光州事件を肌で知ることはできなかったが看守たちの緊張から事態の深刻さ、惨状を感じた。

光州市民の信念に涙が止まりませんでした。獄中でも韓国という社会に一度も絶望したことはない。個人的な安楽を追い求めず、皆が幸せになりたい、民主的な社会をつくりたいと労働運動や市民運動に身を置き、逮捕され監獄に入ってくる。そういう人たちの流れが、一時たりとも中断したことはなかった。

社会の矛盾は凄まじいけれど、何とかして克服したいという民衆の願いを、ひしひし感じました。そう、私こそ、人々から死の恐怖に向き合う勇気を頂いたのです。

事件後、全斗煥は事件を済州島四・三事件と同様に国家に反逆した「暴動」と定義し、金大中のような「不純分子」に唆された「内乱陰謀」と断じた。そして権力を監視する言論機関の「正常化」に乗り出す。報道内容の検閲の次元に留まらず、「体質改造」に踏み込む。全国主要日刊紙を統合し、地方紙は一道一紙。放送はKBS（韓国放送）、MBC（文化放送）系列に二元化された。骨抜きにされたメディアは「光州暴動は北のスパイが市民を扇動した」と伝える。戒厳司令部は光州事件に関し、文益煥牧師ら二四人を内乱陰謀罪、反共法違反で起訴、軍法会議にかける。九月一日、全斗煥は第十一代大統領に就任。「第五共和国」が出帆する。だが出自から正統性を欠き、保安司令部や、国家安全企画部に改称されたＫＣＩＡ恐怖政治が維持される。半月後、金大中は第一審で死刑を宣告された。維新憲法は廃止され、大統領再任は禁止されたものの任期は七年に延長。反政府の動きを封じるため全斗煥は大学生に照準。採用したのは悪名高い「緑化事業」だった。

この緑化事業とは民主化運動に参加する大学生を軍隊へ強制入隊させ、思想と理念を変容させ、政権に隷属させることを目的とする。実施を担ったのは国軍保安司令部。反政府活動の前歴がある学生を含む全軍人に「左翼汚染防止」の名目のもと、過去や思想、活動歴について徹底的な「個人審査」を行った。少しでも反政府的だと判断されると「愛国者」にするため、事実上の洗脳である「純化業務」が施された。「純化」された大学生は出身大学に戻され「北のスパイ」を発見し、密告する諜報活動を強要された。この仲間への裏切りを強いる「緑化事業」で精神的苦痛に耐えかねた大学生は自殺などで六人が落命。大学当局への統制も厳格化され、リベラル教授は追放される。学生には卒業定員制が導入され、卒業認可の権限を軍事政権が掌握することで学生の隷属を狙った。この時期、日本で救援運動を続ける人々にも動揺が広がった。同級生の牧野さんは康さんも死を意識していたと話す。

韓国の裁判で死刑は確定してもよほど凶悪犯でない限り二、三年は執行しない。特に再審請求中には執行が留保されるのが慣例でした。ちょっと安心できると思っていたんです。民主化運動も徐々に高まりを見せて、明るい方向に進みそうだと感じていましたが、全斗煥が政権を握った後は、一体何をされるかわからないという恐怖感があった。康君も決して言わなかったけれど、「これは危ない」と、感じ取ったのではないかという気がします。この時期に兄弟を呼んで、「万が一の時は頼む」と伝えていました。

牧野さんたちの訴えは最初、「声なき声」だった。

日韓両政府は何ら反応せず、蟷螂の斧だった。だが、小さな声の波紋は少しずつ、ささやかだが、途切れることなく広がってゆく。七七年、「在日韓国政治犯を救援する家族・同胞の会」が発足。当時、在日は南北に分断されていた。総連と民団は対立、その民団も軍事独裁を支持する主流派と民主化を求める分派に二分されていた。だが、支援者は思想信条、主義主張の相違を乗り越え、手を携えた。釈放を求めて署名活動を展開し、救援集会を一五〇回近く実施。

北海道から九州までキャラバン集会を開く。囚われた留学生に手紙を書き、差し入れし、日本弁護士会や国際法律家協会など世界の人権機関に問題を訴えた。

届けられた手紙は獄中で幾度も読み返された。懲役五年の判決を受けた李東石さんは「一枚の葉書を、繰り返し、繰り返し読んでいます……一枚の絵葉書が、本当は一枚ではなく、その内に数十人、数百人のあたたかい吐息を感じます」と返信し、支援者はその思いを歌にした。

「語りつづけて下さい」（作曲・詩　許慶子）

あなたのひとつのカードが
かれらの手にとどくとき
それは　ひとつの光に変わるでしょう
暗く閉ざされた世界に　光を見るでしょう

小さな愛でいいんです
見つめつづけてください
小さな声でいいんです
語りつづけてください

あまたのひとつの言葉が
あまたの目にひびくとき
それは　ひとつの希望に変わるでしょう
遠く閉ざされた世界に　希望を見るでしょう

小さな愛でいいんです
見つめつづけてください
小さな声でいいんです
語りつづけてください

救援する家族・同胞の会は冷戦が終結するまで、全国の救援活動と連携。およそ一七五万筆の署名を日本政府に提出、国連など国際組織を一一回訪問。た国内外の世論喚起を目指した。家族と救援会の渡韓は一〇〇〇回を超え、同行者の延べ人数は五〇〇〇人近く。裁判闘争を支援し、韓国法務部、韓国の政党、民主化運動組織に連携を求めた。活動日誌には切実な願いが溢れる

在日は日本での差別、抑圧を克服し、人間を非人間化する植民地主義からの脱却を目指しました。一〇〇名を超える在日僑胞の投獄の歴史は祖国統一の苦難の歴史として位置づけられなくてはなりません。韓国歴代政権は在日同胞が植民地主義を克服し、朝鮮民族の一員として人間解放の闘いに立ち上がることを恐れたのです。救援活動の最も大きな成果は全員の死刑執行を阻止したこと。人間の尊厳と良心の信念が分断主義ファシズムに勝てることを明らかにしました。民主主義と民族統一を否定した軍事独裁政権の対極に在日韓国人政治犯は位置付けられます。私たちは反共法、国家保安法の撤廃、拷問の撤廃、死刑制度の根絶を目指し、歩みゆきたい。

獄中の康さんにも「思い」は伝わっていた。

反共を国是とする社会では、北との関連を問われた死刑囚はサポートできない。韓国にはアムネスティはあったけど、動けない、宗教団体の一部の人たちが人道的な観点からのみ支援する孤立無援の状況でした。そんな中、私たちに救命運動してくれたのは日本の友人達でした。救援会を作り、署名を集め、日韓政府に嘆願書を出し、そういった粘り強い活動をしてくれたのは日本の人々だった。「お前の事忘れない、友達だ、守る」というメッセージを感じた。再会の日を待っていてくれることで自分の生存を確認できた。

多分、私が受け取った手紙はごく一部だったでしょう。でも届けられたのは何百倍だと思う。この声を恐らく、軍部や大統領は知っている。これだけの人間が見守っているから死刑執行できなかったのではないでしょうか。

MEMENTO MORI──死を想え

軍事政権は司法による殺人を繰り返し、二〇〇人以上が刑場の露と消えた。康さんのいる監獄でも北の工作員が次々に処刑された。

南北の分断状況ですから、北から工作員が南に潜入する。死刑判決を受ければ、助からない。毎年、何人も処刑される北の工作員を見ました。北の人も祖国への愛がある。刑場への途上で「祖国万歳、万歳」と叫ぶ声を聞いた。泣き、取り乱し、母親の名を呼ぶ声を聞きました。自分も同じ境遇にいる訳ですから、恐怖感がないというと嘘になる。ああ、ひょっとして、自分は、今日、執行されるかも知れない。でも、やりきれなさの方が強かった。分断の苛酷な現実に置かれ、主義主張は違えども、人間の良心、思想を奪っていいのかという気持ちが強かった。北の工作員にも彼らなりの正義があり、善がある。何故、同じ民族同士で命を奪い合うのか、善悪の基準を権力に決められていいのだろうか……。やり場のない怒りがあった。

明滅する死の予兆。死刑囚はいつ逝ってもいいと覚悟し、遺書を綴った。北と南、それぞれ思想、信条、イデオロギーは異なれども家族を想い、我が子を遺して先行く苦衷は変わらない。獄中から家族に宛てて書かれた手紙から創られた歌がある。

「生日（誕生日）」（作曲・許慶子　詩・高乗沢　邦訳版）

わが子の誕生日がやってくるのに
お互い離れて暮らす心
会いたい　わが娘
いつになったら　会えるのか
かなしみのうちに涙のうちに　一日は過ぎる

わが子の誕生日を目にすること叶わず三年
希望を見つけ　新たな力湧き出る春がきたならば
きれいに　きれいに　五色の袖の衣を着せて
わが子の生日祝いの支度をしよう

康さんも死の影から逃れられなかった。死を間近に感じたのは「鬱陵島スパイ事件」死刑囚の処刑だった。鬱陵島は日韓が領有権をめぐり対立する竹島（独島）に近い小島だ。七四年、ＫＣＩＡは緊急記者会見で、この島を拠点とするスパイ組織を一網打尽にしたと発表。四七人を検挙し、三人に死刑判決が下される。このうちの一人と康さんはトイレの窓から挨拶を交わす事ができた。

五〇歳でした。いつも溌剌として自分を奮い立たせていました。私にいつも「あきらめるな、いつか釈放される。その日に備えて健康を管理しなさい」と励ましてくれました。でも、虫の知らせと言いますが、七七年一二月四日、この日、朝からどうも気分が悪い。また、やけに看守の巡察が多い。いつの間にか夕食になり便所に行くとあの人がいた部屋の赤いマークがない。朝はあったんです。まさか……、そう、鬱陵島事件の三人が処刑されました。朝、見かけた元気な姿は瞼に残っているのに……。

この事件は後に再審でKCIAによる捏造が明らかになり、処刑された人々は無罪になる。この日から私も常に心の準備をしなければなりませんでした。明日が来ない、死刑囚の心構えで、毎日を過ごすようになった。淡い期待を捨てました。

死が最も近づいたのは光州事件が起きた年だった。新年を目の前にした凍てつく冬の日、朝の点呼が終わりくつろいでいた時、突然、見知らぬ看守が扉を開け、「教務課へ呼び出し」と怒鳴った。

ああ、来たかと……。死刑執行は突然連れていかれます。連れ出すのも顔見知りの看守だと情がうつるので臨時看守にさせます。周りも不安を隠せない。目を伏せ、私を見ない。看守は「何をしている早くせよ」と急き立てる。怒りと、抑えきれない恐怖が沸き起こる。身体の感覚がなくなり、立っているのか座っているのか解らない。心臓は痛いほど激しく打ち、全身が震え膝に力が入らない。頭はぼーっとなり言葉が理解できない。普段から死装束にと、真っ白な服を用意していたけれど、着替えることができない。看守に私の手錠を確認されながら、私は部屋のみんなに「長い間お世話になりました。一日も早い出所を願っています」と挨拶し促されるまま部屋を出た。誰も返事をせず、泣き出しそうな目で軽くうなずくだけでした。

康さんは二九歳になっていた。死刑囚として獄中で五年近くが過ぎていた。軍事独裁に抗い、平和的統一のためにできる唯一の営為は、一日、一日、生存を重ねることだけだった。この全人格と実存を賭けた生が消されようとしている。

康さんは死に支配された。

「冷静になれ、落ち着け」と言い聞かせても、思わず叫び声をあげそうでした。歩きなれた廊下が初めて歩くようで、周囲の壁が倒れてくる錯覚に襲われる。しっかりせよと踏ん張ってもゴーと耳鳴りがして失神寸前。廊下には誰一人いません。死刑執行時間には看守は誰一人部屋から出しません。三〇mほどの廊下は、そう、死の回廊。恐怖で足が進まない。

ようやく通用門をくぐると、生と死の分岐点がある。左が慟哭のポプラのある刑場、右が教務課。

思わず「どこに行くんですか」と聞きました。「お前、何を言ってるのだ、反共講習会がある。お前のようなスパイに聞かせろという上からの命令だ」……、思わずへたり込みました。真冬なのに全身汗でびっしょり濡れている。胸の動悸は鎮まらない。講演は自首した北の工作員が行いましたが、一切覚えていない。部屋に戻されると、みんな私のために祈ってくれていました。

この日まで康さんはいつ処刑されてもいいように生きてきた。毎朝、目を覚ますたび、毎夜、床につくたび、現世に未練を残さぬよう自分に言い聞かせてきた。死を受け入れる準備はできていると自覚していた。しかし――。

この日、みんながぐっすり寝静まる中、私は自省しました。毎日覚悟を決めてその瞬間に備えてきたつもりでしたが、このザマかと。死の間際に「祖国の民主化と統一に身を捧げる事を光栄に思う」と遺言し、堂々と死ぬ心構えなど何の役にも立たなかった。死に打ち勝とうと思えば思うほど、死の恐怖に囚われる。ああ、そうなんだ、克服などできない。克服より受け入れるものなのだ。自分が歩んできた過去に恥ずべき点がないのなら、今、生きているありのままの姿で、死を受け入れればいいのだと。自分の弱さに素直に受け入れよう、謙虚に生きようと思いました。

康さんは吹っ切れた。目の前の景色が変容した。それまでの灰色のモノトーンから、色彩豊かになった。

ままならない他者との不自由極まりない日々に目を凝らし、耳を澄ませることで、見過ごしてきたかけがえのない「生」に気がついた。

心に余裕ができ、本を読んでも、何気ない会話にも満足を覚えるようになった。時間に追われていた自分が愚かしく思え、過去でもなく、未来でもなく、「今、ここ」を見つめ、その唯一性を慈しめるようになる。

伝染病や戦争で死が身近だった中世ヨーロッパにおいて街中に書き残された言葉がある。

「ＭＥＭＥＮＴＯ ＭＯＲＩ」、死を想え。

近代文明は死を忌避し、死を遠ざけ、死に抗ってきた。だが、死を意識し、向き合い、身近に感じることでこそ、浮き彫りになる生がある。

康さんは取り戻す事ができない過去への反省、幻想に溢れる未来への希望に逃避せず、いつか来る死を直視し「今、ここ」に向き合う覚悟を決めた。

死と再生

康さんは学びに打ち込んだ。獄中に差し入れが許される本は僅かだが、朝鮮半島の歴史、文化、哲学、言語など読める限りの書物を精読した。ソウル拘置所の「北のスパイ」容疑での死刑確定囚は五人。その中の一人の兄が面会に来た。久しぶりの再会後、その一人がすれ違いざまにそっと囁いた。

「とうとう減刑だ……誰にもいうな。今日中に通知があるそうだ」。康さんは一向に実感がわかなかった。六年近い死刑囚の日々、手錠は身体の一部になっている。同室の囚人には話さなかったが、凍てつくソウルに春が近づく八二年三月の午後、突然、呼び出しがあった。死刑囚の減刑は大統領のみに認められた権限であり、圧政を想うと、期待は禁物だった。保安課室に入ると課長が歩み寄り、「無期懲役への減刑措置とする」と伝え、減刑状を見せられた。そこにあったのは全斗煥の署名。康さんは言葉がでなかった。部屋に戻ると同室のみんなが我が事のように喜び、祝ってくれた。だが、康さんは素直に感情を出せなかった。感情を押し殺して生きるのに慣れた自分に気が付かされた。

翌日の夕方、最終点呼の後、「六七七番、康宗憲、ヘジョン（解錠）」とゆっくりとした口調で告げられ、手錠が外された。ようやく、感情が溶け始めた。

思わず、両手が、震えました。その震えをとめることができません。このとき、ようやく、、死を免れた実感が湧いてきました。その気持ち、高まりを、ゆっくりと、こころゆくまで噛みしめたい。

でも狭い部屋です。一人になれる場所などありません。唯一、便所の隅だけが一人になれそうな一角です。自由になった両手で、何も制約されない両手で、便所の窓の鉄格子を、思い切り、握りしめた。……思い切り声を張り上げたい気持ちでした。思う存分、「俺は、勝った」と。

連行され拷問され、死刑宣告され、負けてばかりでした。挫折と屈服を嫌と言うほど味わった。初めて権力に勝ったと思うと、少しだけ、少しだけ自分をほめてやりたい気がしました。よくがんばったと。その日はぐっすり寝ました。

その後、緊張が緩んだのでしょうか、数日間、眠くて仕方がない。いくら寝ても睡魔に襲われ、昼間もいつの間にかウトウトしていました。

康さんは独房に移された。無期懲役刑になったため、地方の矯導所への移送も決まった。頭を丸刈りにされ、青い囚人服が与えられた。六年三か月、死刑囚として過ごしたソウル拘置所（現、西大門刑務所歴史館）を後にした。いつの間にか三〇歳になっていた。

手錠を捕縛ロープで縛られ、拳銃を携帯した看守に引率されてソウル駅に向かう。夢に見た獄外の景色、食い入るように行き交う市民を見つめた。鈍行列車で忠清南道の大田に向かう車中、幼い子どもが康さんを見つめた。ニッコリ微笑むと、母親が「傍にいってはダメ、悪い事したおじさんよ」と子どもを叱った。康さんは残念だったが、「ああ、幼児を見るのは何年ぶりだろう、なんと非人間的な日々を送ってきたのだろう」と心和む思いになった。

この頃、日本と韓国の間で歴史認識をめぐる論争が起きた。教科書問題である。国民国家において国民統合に重要な装置が軍隊と学校教育と言える。学校教育は言語を共通化し、歴史認識を統合し、国民のアイデンティティを確保し、統一する役割を果たす。特に歴史教科書は「国民の創造」をなすメディアであり、国家権力の方向性に一致するように記述されてきた。そのため国家間の葛藤や対立の起源にもなった。八二年、明治日本の富国強兵政策の記述を巡り、韓国や中国と日本の国民感情が衝突した。後の日本の「新しい歴史教科書をつくる会」をめぐる論争もこの延長線上にある。この第一次教科書問題は高校の日本史教科書において中国・華北への「進出」という表記を韓国、中国が問題視。「侵略」だと反発したものだ。その結果、日本政府は社会科教科書における検定基準の一つに「近隣諸国条項」を設定。「近隣アジア諸国との近現代の歴史について、国際理解や国際協調の見地から必要な配慮をする」と定める。振幅の激しい日韓関係。国交樹立から一五年以上経っても過去の清算は遠かった。

韓国に留学した在日の逮捕、拷問も終わらなかった。一四年以上拘禁された李憲治さんは大阪の大学を卒業後、渡韓。サムスン電子に就職。結婚したが八一年に突然連行され、「記憶することすら苦痛である」拷問を受ける。臨月だった妻も令状なしに拘禁された。羊水が破水し、病院に緊急搬送され出産。李さんは「子どもを見たければ自白しろ」と脅迫された。実兄も情報機関から「量刑を軽くしてやるから、弟のスパイを裁判で陳述せよ」と懐柔された。結果、裁判で兄は弟がスパイだったと「挙証」、死刑判決が下された。刑務所で二度、自殺を図ったが、「息子の、妻の顔が見たい」との思いで崩壊寸前の自己を支えた。八四年にも尹正憲さんら六人が逮捕された。

時間との闘い──断念と喪失

康さんは無期懲役になったが死と無縁ではいられなかった。

獄中では残忍な「再教育」で落命する学生、自殺で軍事政権に抗議する青年が相次いだ。康さんが移送されたのは大田矯導所。威圧的な正門をくぐると獄舎が立ち並んでいた。更に奥へ、奥へと急き立てられ通用門を抜けたところに「思想犯専用特別獄舎」があった。中には床面積が一坪ほどの独房が三〇室。一列に並ぶ。収監されていたのは全て国家保安法違反の無期懲役囚、しかも大半が北からの工作員だった。祖国統一の使命を帯び、獄中生活が二〇年近くに及んでも転向を拒んだ。康さんは民族分断の苛酷な現実を思い知る。

この無期懲役囚を矯導所は「未転向」囚と位置付けました。でも当事者からすれば北朝鮮労働党の党員として、祖国に尽くし、矜持と信念を守る「非転向」囚です。反共を国是とする韓国において、「非転向」はまさに命がけでした。残忍な「転向工作」で獄死した人は少なくありません。

この非転向長期囚が収監されたのが四つの矯導所だった。この大田と後に大統領となる朴槿恵の出生地、大邱。そして植民地統治下の独立運動の拠点、全州と民衆虐殺事件が起きた光州に設置された。

生き抜くことだけが全ての関心だった死刑囚と違い、無期懲役になってからが「本格的」な獄中生活でした。南北分断の歴史が最も克明に刻まれている場所が特別獄舎です。ここで、分断の苛酷さを知り、なぜ統一しなければならないかを胸に刻みました。悲しみ、苦しみが深いほど、その解決を願わずにはいられませんでした。長期拘留生活の絶望に屈しない術を学びました。

自己を厳しく律することです。低下した体力回復が当面の課題でした。六時に起床し、冷水摩擦をする。本を読み、思索する。未来が見えなくとも、理想を求め、学ぶ。医師にはもうなれないけれど、絶望に抗い、いつか社会に役立てる夢を手放さない。言うのは簡単ですけど、人は希望なしには生きられない。希望を捨てることは死に屈することでした。

三か月後、康さんだけが学生や反政府活動参加者が収監されている獄舎に移された。全斗煥政権下、政治犯は大幅に増加。民主化だけでなく、南北統一を訴え逮捕されるケースが大半になっていた。いわば「黄」から「赤」への転換。背景には光州事件があった。韓国は日本と同じくアメリカの核の傘に守られ、親米政権が続いていた。双方とも軍事同盟をアメリカと締結し、米軍が駐留。だが一点の違いは作戦指揮権の有無。今も有事の際、韓国軍の作戦指揮権は在韓米軍司令部（国連軍司令部を兼任）が把持。光州事件で民衆を制圧した空挺部隊の出撃許可も米軍が握った。そのため、事件以後、反米運動も起きるようになる。釜山や光州でアメリカ文化院襲撃事件が発生し、ソウルにも飛び火。全国の大学でも「光州事態の真相究明、責任者処断」を求める一万人デモが起きる。

行き過ぎた経済格差への反動もあった。「漢江の軌跡」の陰で劣悪な労働環境に呻吟する人々が組合を結成、社会矛盾の解決を社会主義研究に求め、非合法のマルクス・レーニン主義の文献が地下出版された。だが。これらの活動家は次々に獄中に送られた。

八二年の夏、韓国青年や大学生との日々を経験しました。毎日二時間ほど屋外運動が認められ、彼らとの触れ合いが楽しみでした。しかし甘い感情は消えました。一〇月一二日、光州矯導所で光州事件の反抗拠点、全南大学の学生会長が断食闘争で獄死したのです。

虐殺の真相究明と責任者処罰を求め、四〇日の抗議の絶食の末でした。悲報は獄舎に広がり、一斉に追悼し、断食に入りました。一週間ほどで当局は収監者を隔離しました。でも無駄ではなかった。ソウル大病院に収監されていた金大中はアメリカでの治療が認められ、光州事件の収監者も全員、刑の執行が停止されました。

隔離された康さんは得たばかりの「仲間」を失った。際限ない獄中生活を思うと一挙に不安が押し寄せてきた。韓国を取り巻く国際情勢も緊迫化していた。ソ連はアフガニスタンに侵攻、アメリカのカーター政権はイラン革命の対応に追われ、光州事件という民衆虐殺事件を黙殺。八一年に登場したレーガン政権は「新冷戦」を開始。翌年、日本で中曽根政権が始動、日韓とアメリカの軍事的結びつきが強化される。反発した北は八三年、ビルマ（現ミャンマー）に工作員を潜入させ、同国訪問中の全斗煥大統領ら韓国政府要人の暗殺を狙う爆弾テロ事件（ラングーン事件）を引き起こす。全大統領は難を逃れたが、外相ら二一人が死亡。翌年、ソ連はサハリン沖で大韓航空機を撃墜。北は八七年、工作員、金賢姫らがバグダット発ソウル便を飛行中に爆破、乗客乗員一一五人全員が死亡する。北はさらに七〇年以降、日本で拉致事件を起こす。東アジアの緊張がピークに達する中、全斗煥政権は八四年、韓国大統領として初めて日本を公式訪問。康さんはこの年の八月一五日、光復節の特別恩赦によって、他の在日留学生と共に減刑される。日本の新聞も恩赦を報じ、支援者たちは欣喜雀躍し、何度も記事回し読みした。

「韓国、一七〇〇人に恩赦　在日韓国人政治犯も減刑・釈放」

（朝日新聞一九八四年八月一三日朝刊）

韓国政府は光復節三九周年を記念し、朴政権時代の大統領緊急措置違反者、光州事件、金大中氏らのかかわる内乱陰謀事件、学生デモ関連者ら公安事犯七一四人と、一般刑事犯ら計一七三〇人に特赦、復権、仮釈放を行うと発表。政府スポークスマンは「今度の大々的な恩赦は旧時代の不幸だった政治的遺産と葛藤を清め、刑確定者にも心機一転して国家建設の隊列に加わる機会を与えるため」と説明した。在日韓国人政治犯を支援する会全国会議に入った情報によると、これとは別枠で在日韓国人政治犯五人に対しても減刑、釈放措置がとられた模様。無期懲役の康宗憲さん（32）は無期から懲役二〇年に減刑された模様。

康さんは懲役二〇年になった。出獄「予定日」が決まり、大邱矯導所に移送された。途切れることなく続く日本からの救命運動が死を遠ざけた。だが、待ち受けていたのは時間との闘い。一日、一日、懸命に生き延びる「喜び」は、いつしか、刻一刻と人生の可能性が奪われてゆく残酷な「痛み」に変容していった。

拘束された当初は時間が過ぎない。一日が信じられないほど長い。死刑囚だったので一秒、一分でも永く命を確保できるか、生き残ることが課題だった。それでも無期懲役になり、第一関門を突破できたんですが、次は、無期懲役。いつ釈放されるか分からない第二の試練。時間との闘いです。

二〇代の若者が三〇代になる。当初は出れたら大学に戻り医学の勉強をしたいと願った。必死で医学書を読んだ。朴正熙政権が倒れ、民主化の春が来る。でも、状況に一切変化がない。軍事独裁が終焉を迎えたと思ったけれど、全斗煥、盧泰愚という軍部勢力が政権を執る。国内の政治犯は釈放されるけれど、在日には恩恵がない……。腰を据えないといけないと考えを改めました。

それで三〇歳になった年の元旦、医学書を置いた、医者になる夢を自分で閉じようと思った。言葉に言い表せない悲しみでした。けれど、現実を受け入れなければと自分に言い聞かせました。

自ら希望を手放し、夢を閉じてゆく。時は容赦なく康さんの未来を砕いていった。思い描いた理想は、獄中で癒えることのない悲哀に暗転していった。

私のような、とるに足らない政治犯ですら、分断状況の中では死刑判決を受ける。これが民族の宿命、試練であるならば正面から受け止めなければならない。明日、もし釈放されたら勉強するんだ、そのような気持ちじゃ駄目だ。目の前の事態から逃げず、受け止めなければと思った。

八二年に出所が決まったのは嬉しかった。でも、母に手紙を書いたら怒られた。「五〇歳過ぎた息子を、七〇を超えた老母が迎えに行く……それまで私に待てというのか」と。出所したら私は五一歳。苦しいけれど、正月を迎える度に「整理」をする。毎年、「この夢はここで諦めようと。残された時間、残っている可能性を見つめ、これを棄てよう」と毎年、手放してゆく。

夢は整理していくと、何もなくなる。唯一、残ったのは「人間として恥ずかしくない生き方」、「後悔しない生き様」。

それだけができるよう瑞々しい感性を失わず、この意志だけは守り抜こうと誓いました。

新たな移り先の大邱は周囲を峰々で囲まれた盆地だった。生活環境は劣悪だった。夏の暑さは耐えがたい上、給水は僅かだった。唯一の楽しみだった屋外での運動時間も僅か一〇分に制限され、後に屋外を歩くことすら許されなくなった。陽光を浴びることも、風に吹かれることも、朝晩の空を見上げることも、自然の息吹に触れることも、新鮮な空気を吸うこともできなくなった。

改善を求めた入所者は食器を鉄格子に打ち鳴らし抗議した。看守は徴兵されたばかりの若い軍人だった。入所者全員が地下室に連行され、手錠とロープで縛られ、コンクリートの床に額を押し付けられた。

殴る蹴るの暴行が始まり、水を吸わせ大人の腕ほどに膨れ上がった縄や棍棒で思い切り殴られ、殆どの受刑者は失神した。康さんは薄れゆく意識の中で五〇発まで数えたところで水をぶっかけられた。「絶対に負けない」と心で叫んだが、身体よりも痛んだのは精神だった。年若い軍人は康さんを人として認めず「アカの野郎、苦しいか、金日成に助けを求めてみろ」と挑発。敵意と憎しみをぶつけた。絶対に拷問を口外するなと厳命しながら二日間、リンチを続けた。失神した入所者の家族が面会に訪れ、残忍な暴行で別人になった入所者の姿に触れた。監獄の暴力が社会問題化し、待遇は改善された。康さんは「刑務所では何の対価も払わずに与えられるものは何一つなかった」と振り返る。

だが、暁光がさした。八五年九月二〇日から三日間、ソウルと平壌で南北離散家族の故郷訪問が実現した。そしてカイロスを迎えた。

「六・二九民主化宣言」である。

一九八七年のカイロス

韓国現代史の画期は新聞報道から始まった。

泣く子も黙ると怖れられた警察機構、治安本部南営洞対共分室は取り調べ中だった二一歳のソウル大生・朴鍾哲の拷問死を隠蔽し、死因は心臓麻痺と発表。だが遺体解剖担当者は良心の呵責に耐えきれず、水拷問による窒息死と記者にリーク。一九八七年一月一五日、中央日報は「警察に調べられていたソウル大学生がショック死」と報道する。ソウル大では追悼式が開かれ、遺影を抱いた一五〇〇人の学生は「拷問のない社会で生きたい」と横断幕を掲げ行進した。民衆の怒りは爆発し、六月一〇日、大統領の直接選挙制を求める「拷問殺人隠蔽を糾弾し、民主憲法を実現する全国大会」が開催される。

延世大学でも一〇〇〇人の学生が決起集会を開き、機動隊と衝突。催涙弾が飛び交う攻防となり、二〇歳の李韓烈が後頭部を撃たれ一か月後に死亡。全国大会は韓国全土に広がり、二二都市で二四万人が参加。全国五九の大学も共鳴し、大邱などで大規模デモが展開。釜山では一〇万人デモで学生が釜山駅に続く幹線道路を占拠。呼応するように光州事件七周年ミサがソウルの明洞大聖堂で挙行され「拷問致死事件の真相究明を求める宣言文」を朗読。光州でも二〇万人デモが起きる。

ピークは六月一〇日の国民平和大行進。夥しい犠牲を悼み一〇〇万人以上が参加する「光州の再現」に結実した。

民衆の声を抑えきれなくなった全斗煥は一九八七年六月二九日、「六・二九民主化宣言」を出した。改憲と拘束者釈放、言論の自由の保障、地方自治制の実施、そして大学の自律や反政府運動者の赦免・復権を盛り込んだ民主化政策を公表した。四半世紀に及ぶ軍事政権を終わらせたこの民衆の闘争は六月民主抗争と呼ばれる。

こうして在日留学生をスパイにでっち上げた軍事独裁はついに終局を迎える。

七月九日、延世大学の李韓烈の死を悼む民主国民葬が催され、ソウル市庁前広場を埋め尽くした市民は一〇〇万を超えた。同年、金大中が立候補。金泳三との連携が果たせず、結局、全斗煥政権と共にクーデターを率いた盧泰愚が政権に就く。翌年ソウルオリンピックが開催、ベルリン五輪で「日本人」として優勝したマラソンランナー、孫基禎が聖火ランナーを務めた。

韓国政治も社会も変容の兆しが芽生える。言論の自由を標榜するハンギョレ新聞が創刊。盧泰愚は「民族自尊と統一繁栄のための特別宣言」を発表。南北のみならず、ソ連と中国との関係改善、北と日米の関係構築に協力すると明言した。

盧泰愚は国内融和のため、軍事政権の罪に向き合わざるを得なかった。そして光州事件を「民主化のための努力」と認めた。全斗煥は国会で人権弾圧を暴露され、国民に謝罪文を発表。その後、隠遁に追い込まれた。

世界も歴史の転換点を迎える。ソ連ではゴルバチョフが「新思考外交」を唱道、アメリカも応じ、冷戦終結に向けた機運が高まった。「その日」の到来も現実味を帯びる。六月民主抗争が起きた年、憲法も改正された。前文の要約を紹介する。

悠久の歴史と伝統に輝く大韓国民は三・一独立運動により建立された大韓民国臨時政府の法統と、民主改革と平和的統一の使命に立脚し、不義を打破し、自由と権利にともなう責任と義務を完遂させ、恒久的な国際平和と人類共栄への貢献により、自由と幸福を永遠に確保することを誓い、憲法を国民投票により改正する。

韓国憲法は建国以来、この年までに八回改正された。その変遷は民主化の系譜を映し出す。改正過程において参照されたのは、ドイツのボン基本法（憲法）。一九四九年に分断国家・西ドイツで制定され、統一ドイツに引き継がれた。良心の自由を謳い、四条一項で「信仰および良心の自由ならびに宗教的または世界観的な信仰告白の自由」を認めた。国民の良心を尊重し、国民が所属する国家が「命を懸けて守るに値するかどうか」を個々の国民に委ね、四条三項で「何人も、良心に反して、武器をもってする兵役を強制されてはならない」と良心的兵役拒否を制定した。この他、基本的人権を打ち立てたフランス、民主主義を建国理念とするアメリカ、そして平和を謳った日本国の憲法の理念を取り入れた。

特に参考にしたのが「近代民主主義憲法の典型」とされるワイマール憲法だった。第一次大戦の敗北によって荒廃したドイツでは君主制を廃止し、国民議会がワイマール憲法を制定する。すべての者に「人間としての尊厳を有する生活」を保障し、国民を主権者と定めた。男女平等の普通選挙を実現し、包括的な社会保険制度や労働者の権利、そして「生存権」の保障を規定した。

この多様性から「比較憲法の実験場」と呼ばれる韓国憲法。その起伏に満ちた歩みの先に兆したのが過去の清算だった。盧泰愚は祝祭日に合わせ、政治犯釈放に踏み切る。八七年二月二六日、大統領就任後初の閣議を開き、国民和解の見地から政治犯約一七〇〇人をはじめ、刑事犯も含め計七二三四人に特別赦免と復権を行うことを決定。対象者数はこれまでで最大の規模だった。当時、獄中の在日政治犯三〇人前後とみられる。最高齢は七一歳。最長拘束は一七年に及び、重病と伝えられる人もいた。康さんの家族や日本の支援者にも期待が広がり、韓国に向かう飛行機の予約に走った。

だが、自由への壁は厚かった。特赦が公表されたものの在日政治犯の釈放は一人もなかった。康さんの母は五七歳になっていた。生野区の自宅でメディアの取材に涙で声を詰まらせながら語った。

減刑だけだなんて、あんまりです。何度、何度、期待を裏切られればいいんでしょう……軍事独裁からソフトになったように見えた盧大統領は、軍の力で就任した全・前大統領とは違うと望みをつないで待ったのに、元々、いわれのない罪なのに……航空券はキャンセルします。

それでも支援者は希望を捨てなかった。盧泰愚は特別談話で「全政治犯の釈放を年内に実施する」と公言。日本の民団も動いた。「在日同胞国事犯収監者名簿」を携えて訪韓。在日政治犯一六人の釈放を韓国政府に要請。この交渉の子細は明らかにされていないが、民団の関係者は「非常に感触は良かった。改心の情があれば、何人でも釈放する可能性がある」と話した。民団から韓国政府への八五億円を超える寄付金の「効果」にも期待が寄せられた。在日韓国人政治犯を救援する家族・僑胞の会も全員釈放を求め、日本の外務、法務両省と交渉。大阪の中之島公会堂で救援大集会を主催した。一〇〇〇人近くが参集し、「ひらけ獄門」と書かれた横断幕を掲げ「全員釈放するか否かが、韓国民主化が本物かどうかを占う試金石」と訴えた。こうして少しずつ、壁は崩れてゆく。

八八年三月一日の独立運動記念日、八月一五日の光復節に数名の在日政治犯が仮釈放された。康さんも期待を抱く。次の国慶日は一〇月三日の開天節。

康さんに「その日」が迫った。

その日

開天節の前日、夕方でした。知り合いの看守が、そっと、撫でるように優しく窓を叩いた。それで、泣きながら話す。「明日出るよ、釈放だよと……。誰にも言うなと……」、私は返答できない。言葉が出てこない。看守も声を詰まらし、目が赤いんです。そして最後に言ってくれた。「今までよく頑張った」と。それだけ言って、すぐに帰りました。

やはり……感慨無量でした。眠ろうと思っても眠れない。横になりながら、刑務所の壁はコンクリートむき出しですが、思わず、撫でましたね。ああ、ここに、この壁と共に俺の一三年の青春があった。壁が愛おしくてなりませんでした。結局、眠れなかった。

翌日の朝、呼び出しがあった。これまでの機械のような感情のない声ではなく、その響きに「他者への尊重」が込められていた。

書類手続きをする。仮釈放なので「出所後は国法を遵守する」という誓約書に署名しました。一体、幾つ署名したか覚えていない。部屋を出ると、通用門が幾つもあるんですけど、最後の門を出る時は足が震えました。最後の正門を出る。思わず振り返りましたね。高い塀に囲まれた、ものすごく大きな威圧的な建物でした。けれど、不思議な事ですが、やはり、ここに青春があったと、ここを旅立つんだなと、何ともいえない気持ちでした。

門の外には母と同級生が待っていました。もう言葉にならない。

家族と日本の友人にはただ感謝、そしてこの日をつかみ取った韓国の市民に感謝でした。


八八年一二月二一日、「その日」は来た。

韓国政府は政治犯二〇一五人に対する赦免、復権措置を決め、二八一人を仮釈放。康さんら四人の元留学生は自由の身となった。だが、人生の春は過ぎ去っていた。二四歳で死刑囚になった康さんは三七歳になっていた。だが、迷いはなかった。死と隣り合わせの獄中に、追い求めた祖国を見出した。夜明けを願うことが許されない獄中に、生を捧げるに値する青春があった。獄中は康さんに新たな使命を届けていた。


釈放されてからどうするかは決めていませんでした。監獄では未来を夢見ることは許されなかったからです。でも、どこで生きていくかは決めていた。最初に韓国に来た時、ここに骨を埋めるつもりでした。ですが刑務所で様々な人々と関わる中で、北の人々の死を見る中で、日本の市民の救援を感じる中で、自分の出発点は、在日コリアンだと思いました。在日韓国人、在日朝鮮人が生活する社会、日本に戻ろうと……。生涯を通して民族に関わり、統一や民主化に関わり、自分の立つ場を日本におこうと思った。韓国では弾圧され、日本では偏見に苦しんだ事もありましたが、自分を支えてくれたのは両国の市民でした。

ここで、この獄中で、私は祖国に会いました。いや、苛酷な状況に置かれたからこそ、見出すことができました。獄中での青春は決して無駄ではありません。頭でっかちな若造が明日も解らない絶望状況で、嫌でも周囲と向き合い、もまれ、少しでも人間らしい生活を願い協力する。違いはあるけれど、何とか共にやっていくため、あらんかぎりの努力を惜しまない。私は、人間の最も崇高な姿を、この監獄で知ったのです。

もう年齢的に医者にはなれないけれど、朝鮮半島と日本、その両方に腰を据えようと思いました。

終わりとはじまり

「ベートーヴェン交響曲第九番第四楽章」

時代がもたらした深い分断を
あなたが再びつなぎあわせる
あなたの柔らかい翼に抱かれ
人々はみなつながる

一九八九年一一月九日、赤い海に浮かぶ孤島、ベルリンを引き裂いた壁が崩壊。ドイツはベートーヴェンの「歓喜の歌」に包まれる。一二月、地中海のマルタ島でアメリカのブッシュ米大統領とソ連のゴルバチョフ書記長が会談、東西冷戦の終結を宣言。東西に分断されたドイツは統一を果たした。

ベートーヴェンは聴覚を失い、絶望と孤独から「ハイリゲンシュタットの遺書」を書いた。死を想う日々の中、崩れそうになる自己を支えたのは「作曲する使命」だった。だが、この「再生の調べ」は東アジアには響かなかった。冷戦は終わらず、三八度線はのこされた。

北のスパイにされた在日留学生が目指す祖国は平和的に統一された朝鮮半島。再起をかけた人生の第二章が始まった。

大邱矯導所を出ると母と友人が待っていてくれた。先に釈放された韓国の人々も駆けつけてくれた。言葉になりませんでした。興奮していました。民主主義の息吹を感じましたから。仮とはいえ、釈放の喜びと国家保安法違反者でも迎え入れてくれる韓国社会の空気を感じました。獄中の私の支柱、朴炯圭牧師も暖かく出迎えてくれた。礼拝に招かれ、信徒と共に『クナリオンダ（その日が来る）』を歌いました。文益煥牧師は自宅でもてなしてくれました。

康さんは帰国へ向けた手続きのためソウルに向かった。日本入国手続きは滞り、下宿生活を余儀なくされる。それでも、自由な生活に心が高鳴った。国の隅々まで統一への期待が満ちていた。民主化運動の拠点となった大学でも統一運動が始動。アメリカへの軍事的隷属関係見直しに向けた活動もはじまった。経済界も動く。韓国屈指の現代財閥のトップが平壌を訪問。北にある金剛山の共同開発や南北合作事業など、北との経済協力に先鞭をつける。文益煥牧師も平壌に向かい対話を試みた。

だが、分断の軛は終わらない。日本で暮らす外国人は出国の際、法務省から再入国許可を取得しなければ日本に戻れない。康さんが一三年前に渡韓した時に得た再入国許可の期限はとうに切れていた。日本政府に新たな証明書を提出し、ビザを得なければ、日本に戻れなかった。駐韓日本大使館に出向くと、仮釈放を認めた「判決文」、大阪で暮らす家族による「日本への招待状」、日本の友人が康さんの雇用を保証する「就業保証書」を求められた。許可が出るまで三か月近くかかった。韓国政府も非協力的だった。仮釈放とは言え、康さんは元死刑囚。無罪ではない。出国にはパスポートが欠かせない。康さんが韓国政府に申請すると、たった一回のみの臨時旅券しか発行しなかった。これでは再度、韓国に行けないため、正式なパスポートを求めると「日本で申請せよ」と突き放された（結局日本でも五年近く発給されなかった）。

暮れなずむ大阪の伊丹空港に到着したのは八九年の春。一四年ぶりの日本だったが、郷愁は失望となった。永住資格は失効し、代わりに一年間限定の特別在留許可が付与された。そして「必ず、二週間以内に外国人登録を済ませるように」と指示される。生野区役所で再び写真を撮られ、指紋押捺を求められた。一年後、更新するとまたも三年の期間限定だった。

韓国でも日本でも元死刑囚は好ましくない存在なのだとひしひし感じました。でも、それよりも、私は浦島太郎でした。小学四年生の幼かった親戚は成人し、タバコを吸っている。技術の進歩でFAXやATMがある。自動化が進み、クレジットカードも普及していたけれど、使い方が解らない。取り残されたと焦りましたが、自分に言い聞かせました。

「遅れを取り戻そうとあがき、もがけば自分がなすべきこと、私の使命を見失う。自分の感性を信じ、一つ一つ、ゆっくり慣れればいい」と。そんな私を励ましてくれたのが支援者をはじめ、同級生や福田先生でした。帰国後、毎年欠かさず天王寺高校の同窓会があり、先生の世界史の講義を聞く。待っていてくれる人がいれば、立ち上がれるのですね。

韓国の民主化は一定の進展があったものの、国家保安法は撤廃されず、拘束中の政治犯も三〇〇人を超えたままだった。在日政治犯も全員解放されず、拘禁は続く。大阪に戻った康さんの仕事は支えてくれた方々への挨拶周り、そして監獄に囚われた在日の救援だった。全国キャラバンに参加し、釈放集会を開いた。参加者が一〇〇人以上の日もあれば、全くない日もあった。意欲はあれども獄中で体力を失い、健康を損ねていた。自らの体験を伝え、軍事独裁の罪を訴え続ける中、康さんは苦悩を募らせてゆく。聴衆の関心を呼ぶのは拷問や死刑だった。恥辱と汚辱の記憶を報告するうちに、心が磨り減ってゆく。

改めて、自分には何もない事実を突きつけられました。拷問の体験が人々の関心を呼ぶことに意味はありません。冷静に半島の状況を見つめ、日本との関係を分析し、理性と事実に基づかなければ統一は夢物語です。韓国でも日本でも、人間は凄まじい憎悪と蔑みを持つことを学びました。教育が持つ力です。無論、負の力ですけれど。教育が戦争をつくるなら、教育は平和もつくれるはずです。朝鮮半島に平和と統一をもたらすことが私の課題です。そのためにできることなど私には何もない。それでも日本に腰を据え、半島情勢を分析し、論文を発表することで、少しでも人々に響くかもしれません。このような思いから研究所を創りました。

遥かなる統一

康さんは大阪の中崎町にある、マッチ箱のような小さなビルの、小鳥の巣のように小さな部屋で、「韓国問題研究所」を立ち上げる。講演と通訳、そして毎晩未明まで翻訳することで最低限の生活を営んだ。獄中体験や死刑についての講演は辞退し、機関誌『韓国の声』の発行に専念した。日本に戻った翌年、京都出身の在日女性と知り合った。年齢は康さんの一つ下だが、学年は変わらない。韓国に留学し、ＫＣＩＡの取り調べを受けたこともあった。康さんの釈放運動にも参加していた。二人が結婚を意識するまでに時間はかからなかった。義父は事業家で康さんの経済状況を心配したが、「共稼ぎでやっていきなさい」と認めてくれた。生活は苦しかったが、三人の子どもに恵まれた。監獄で数えきれないほど断念した儚い夢が叶い、康さんは喜びに包まれる。

生活が少しずつ軌道にのり、康さんは半島の現状分析に取り組んだ。世界は動いていた。冷戦の終結の余波はようやくアジアに及び、南北統一への期待も高まっていた。韓国では民間団体による北朝鮮訪問が相次ぎ、盧泰愚は民間レベルでの南北交流は後ろ向きだったものの南北首脳会談の開催を正式に提案。九〇年、韓国と北朝鮮、そして外国で生活する韓国人の市民団体が「祖国の平和と統一のための汎民族運動」を目指す組織設立を提唱。結果、統一されたばかりのドイツ、ベルリンで一堂に会し、「祖国統一汎民族連合（以下、汎民連）」を結成。宣言文が発表され、「核兵器の撤去、外国軍（在韓米軍）撤収、朝鮮戦争の平和協定締結」を訴える。そして南北両政府に自由往来と国境開放、相互不可侵条約の採択を要請。海外本部も設立され、幾度も弾圧された在独音楽家、尹伊桑《ユンイサン》を議長に選出した。韓国では康さんを獄中で支えた文益煥牧師が主導。康さんも事務次長を引き受けた。

韓国政府は汎民連を認めず、参加者を国家保安法違反で逮捕したが、北の政府当局との対話に着手。ソウルで第一回南北高位級会談を開催し、平壌、ソウルを互いに往来し会談を重ねた。争点は在韓米軍の撤収と核の撤去。韓国は経済協力と交流を提案したが、北朝鮮は軍事対立の緩和を優先。国連加盟も討議され、南北別々で加盟するのか、統一国家として共同加盟するのかも話し合われた。分断の傷は深く、合意は遠かったものの、スポーツや文化交流が実現。南北統一サッカー大会がソウルと平壌で相互開催され、日本で開催された世界卓球選手権には統一チームで参加した。韓国はソ連と国交を樹立、北朝鮮の朝鮮労働党も日本の自民党・社会党と共に「日朝関係に関する三党共同宣言」で合意。過去の清算と日朝国交正常化の速やかな実現を提唱する。

九一年、南北政府は国連に同時加盟。一二月、南北和解を目指し、相互の体制尊重と破壊活動の禁止、内政不干渉と停戦から平和体制への転換を打ち出した「南北基本合意書」「朝鮮半島非核化共同宣言」の採択を目指した。

汎民連も平壌での大会を計画し、康さんも訪朝の機会を得る。だが、同時にリスクも背負うことになる。

南北和解の気運を受け韓国政府は国家保安法を部分改正しました。反国家団体を鼓舞する称揚罪の適用を抑制するようになったのです。ですが、反共の国是には変化はありません。汎民連も利敵団体と規定されました。一般の在日コリアンが北で開催される大会に参加するのは大変な負担と危険が伴います。当時、日朝間はチャーター便が名古屋から順安空港まで三時間ほどで結んでいました。二週間ほどの滞在でしたが、祖国だけが与えることができる優しさと厳しさを感じました。行事の参加だけで祖国を語ることはできません。移動の自由のない国で何が楽しいのかと思われるかもしれません。それでも実際に地に足をつける事で初めて感じる事がある。平壌だけでなく、白頭山から板門店まで北を縦断したことは貴重な体験でした。

北の政治体制への賛否はあります。ですが、美しい山河は紛れもなく私のもう一つの祖国であり、信奉する政治制度は違えども、熱い思いで統一を願い、語る北の人々も同じ民族、同胞だと強い愛着が芽生えました。金日成競技場では一〇万を超える市民が参加する歓迎集会がありました。スローガンは様々ですが、プラカードには二度と戦争はごめんだ、平和を実現したいと切実な思いがこもっていました。

初めての訪朝。参加者には切迫した「祈り」があった。離散家族との再会である。朝鮮戦争で南北に引き裂かれた親子や夫婦、そして帰還事業で日本と北に分かれた兄弟や親族との邂逅は切実な願いだった。康さんには帰還事業で北に渡り、連絡のつかなくなった伯母がいる。日本メディアによって地上の楽園と喧伝された北朝鮮に向かい、貧しい生活に幻滅し、北の政府を批判したことで反革命分子とされ、不幸な境遇に陥った親族もいる。どうしても安否を確認したかった。

在日に離散家族は少なくありません。訪朝に際し、親戚との面会を申請しました。ある親戚は収容所に送られ、残された家族は電気もない僻地に追放されたそうです。日本に残った親族が必死で働いてためたお金を送り、少しましな地域に移住できましたが、収容所にいる、ある親族がどうなったのか、何の連絡もありません。

日本の親族は死んだものと諦めていますが、どうしても安否を確認したかった。

ホテルに訪ねてきたのは、当人の妻と子息だった。消息を幾度尋ねても明確な答えは得られず、結局、当人の生存は解らぬままだった。

初めての対面です。日本から来た私を心の底から歓迎してくれました。でも、私は複雑でした。この国で「反革命分子」とされた父を持つことは何を意味するのか。一家が強いられた辛酸は私の想像をはるかに超える厳しいものでしょう。分断の苛酷な痛みを目の前で痛感しました。

後ほど、当人は獄中死したことを知りました。残された家族は何と辛い人生を歩まねばならなかったのか……。分断さえなければ悲劇は起きなかった。統一を目指さねばと思いましたね。

弱者が背負わされる分断の苦難。韓国でも試練は終わらない。

軍事独裁は安全保障を理由に社会矛盾を後景に追いやったが、民主化は劣悪な労働環境と経済格差を前景化した。六月民主抗争まで労働運動は禁じられてきたが、現代財閥のエンジン製造部門での労組結成を発火点に、燎原の火のごとく、労働争議やデモが広がる。二か月間で三三一一件の労働紛争が起き、新たに設立された労働組合は二三〇〇以上になった。

追い詰められた盧泰愚政権は巻き返しを図る。労働運動を「思想的に不純」と非難し、労働組合の掲げる労働環境改善、経済格差是正を共産主義に通じると断罪。民主労組を抑え込むため、公安合同捜査本部を設置し四三七人を逮捕。容疑は国家保安法違反だった。この公安機関による戒厳令さながらの強制措置は「公安政局」と呼ばれる。民主化運動と労働運動の揺籃期に猛威を振るった公安政局は五月闘争を引き起こす。

九一年四月、デモに参加した明知大学生・姜慶大《カンギョンデ》が私服警官団「白骨団」によって鉄パイプで殴り殺される事件が起きた。

大学生による公安糾弾集会が連日開かれ、五月闘争の火蓋が切られた。直後に韓進重工業労組委員長が不審な獄中死を遂げる事件が起こり、労働運動もこの学生運動に合流。韓国全土で一五〇近い組合や大学が参加し二〇万人デモを決行。「公安終息、労働運動弾圧粉砕」を訴えた。

それまで韓国の労働者は統一運動に消極的だった。人間の尊厳を奪う苛酷な労働条件は労働者の抵抗力を奪い、統一は求心力になり得なかった。この五月闘争は労働者の生存権闘争と学生の民主・統一運動の結節点だった。

生を賭して弾圧に抗議する焼身自殺も相次いだ。五月一四日、一五万人が参加した美慶大の追悼大会では三名が自らに火を放ち落命。この年だけで一二人が抗議の死を選んだ。

これに対し、政府の御用機関と堕した言論機関は「死の政治利用」「死のそそのかし」と焼身自殺を非難するキャンペーンを展開。公安治安機関は催涙弾を学生に発射し、成均館大学の金貴井《キムギジョン》が逃れようとして装甲車に轢かれて死亡。一方、総理の代行者は大学生に小麦粉や卵を浴びせられた。言論機関は「人倫の破綻」と激しく非難、運動は急速に冷却する。

結局、五月闘争は失敗する。「分断して統治せよ」を実践する公安当局により労働・学生運動は分断され、一般市民、一般労働者も離反する。

過去の彷徨

この時期、康さんは、初めて共訳詩集を出版する。康宗憲・福井祐二訳『朴ノへ詩集　いまは輝かなくとも』（影書房）。詩人の名「朴ノへ」はペンネームであり、漢字にすれば「迫労解」。迫害される労働者の解放を意味する。一人の労働者「朴ノへ」は悲惨な日々の暮らしの中で想いを一遍の詩に託し、やがて運動に身を投じる。三四歳の時、国家保安法違反で逮捕され、拷問され、自殺を図った。

思想の自由を求め、弾圧された無期懲役囚・朴ノへ。獄中で一〇〇〇人を超える韓国良心囚の苦衷を詩に昇華させた。康さんが彼の詩集を手にしたのも獄中だった。朴の『労働の夜明け』を読み、新鮮な衝撃と眠れない程の感動を覚えた。

「指紋を呼ぶ」（朴ノへ）

みぞれのなかを
首をすくめて駆け出し
作業中にちょくちょくこうやって外出できりゃ
大歓迎だぜ、と笑いあいながら
俺たちは洞役場に入っていく

しがない二十九歳の男が
加里峰洞の工場団地に住みついて
はや六年、歳月は夜昼となく流れ
意味もなく
死のような労働のなかに埋もれ去り
こんなときくらい
たまには同じ国民であることを確かめようと
写真を片手に住民登録を更新する

生まれてこのかた罪ひとつ犯さず
この手ひとつで家族を養い
輸出品を生産してきた
黒くごつごつした誇らしい手をさし出して
指紋を押す

ああない　もう一度しっかりと　ない

労働のなかで潰れてしまい
おまえとおれと、人それぞれ違うという
指紋が出てこない

ないんだ、鄭兄も李兄も文兄も　消えてなくなってしまった
立ち合いの警官がいくら癇癪起こしたって
長い労働のあいだに
海を渡った輸出品に埋もれて
指紋も、青春も、存在までも
消え失せてしまったのか

朴が願ったのは「カネが全てではない、人が主となる世で暮らしたい。人と人が金と欲望による契約ではなく、信頼によって結ばれる社会をつくりたい。与えられた人生を誠実に生き、窒息しそうな生活を強いられる多数の人々が人間として扱われる時代」。

朴は行動した。康さんが寄稿した「朴ノへの詩と思想」によると、貧農家庭に生まれた朴は朴正熙政権の教育制度のもと、「金日成が死ねば神の国は到来する」と確信するほどの反共少年だった。高校卒業後、靴下製造工場での労働を経験する。賃金もろくに支払われず、残業と休日出勤が常態化し、過労死が相次

いでも経営陣は状況改善に応じなかった。
朴は労働条件改善を求め解雇された。軍事政権にストを扇動した「不純分子」、体制転覆を謀る「破壊犯」にされた。経済格差の拡大と、労働者の疎外を体験し、社会主義者になった。逮捕され、南山の国家安全企画部の地下室で二四日間、二四人の捜査官に拷問を受けた。座ることも寝ることも許されず、三日間、殴られ続ける。自殺しようと捜査員の一瞬の隙をついて鏡を割り、破片を動脈に突き立てた。すぐに取り押さえられ、未遂に終わったが、詩人として死にたいと独房で最後の詩を綴った。

「最後の詩」

ここは安企部地下密室一五一号
逮捕されてから十日ほど過ぎたのか
日付すらわからない夕暮れどき
精魂尽き果て
うわ言と幻覚に苦しめられながら
ぼくはだんだん正気を失っていく
組織を守るためには
数百数千の同志たちの命を救うためには

もはや、他に方法は、ない、ない
自決を前に　最後の気力をふりしぼり
嗚咽をこらえながら　この詩を書く

巨大な安企部の地下密室を
この時代の〝どん底〟と呼んでいる
叫んでも　絶叫しても
ことごとく吸い込んでしまうあの防音壁の絶望
二十四時間灯りっぱなしの白熱灯
吐け、泥を吐け　果てなく続く暴行と
身体中の神経がずたずたになるような拷問の行進
このままではだめた　これ以上後退することはできない
ここで倒れれば
ああ　それは　われわれの希望の破壊
われわれ民衆の解放の蜂起
むしろ命をくれてやろう
さらばえたこの身を投げ捨て

不敗の柱に据えよう

朝鮮民族は詩を愛する。日々の哀歓を、鋭く研ぎ澄まされた感性と豊富な語彙を駆使して叙情や風刺に言葉を与える。みずみずしい表現で、軽妙な律動で、時代を活写する。韓国の労働者が置かれた実相を知らない康さんにとって、朴の詩が描く世界は異質だった。労働者の生活と心情が、汗と油と涙にまみれた言葉を通じ、ひたひたと胸に沁みたという。ただ、一般労働者の共感を呼ぶ普遍性の獲得に成功していないと指摘する。

イデオロギー用語である階級や戦闘が強調されると市民の実情、心情は抽象的で闘争を煽るスローガンに隠され、見えなくなる。むき出しの感情が支配する闘争の現場で書かれる詩が、文学的に結晶化するには一定の時間が必要なのかもしれない。

日韓関係の起点と基点

軍事独裁が思うままにした国民の思想。教育と文化、そして言葉の独占は市民のつながりを阻み、反目させた。引き裂かれたのは市民だけではなかった。「愛の不時着」や「冬のソナタ」、BTSなど、日本における今日の韓流ブームからは想像もできないほど、九〇年代の日韓両市民の心的距離は隔たっていた。慰安婦や徴用工など日本の植民地統治をめぐる歴史認識の相違、また竹島（韓国名独島）などの領土問題が外交問題化し、過去の清算はなされぬままだった。九一年、韓国の元従軍慰安婦らが日本の裁判所に提訴。日本政府は調査を行い、九三年、宮沢内閣の河野洋平官房長官が「謝罪と反省」の談話を公表。「慰安所は当時の軍当局の要請により設営された」とし、設置、管理について、旧日本軍の関与を認めた。慰安婦が本人の意思に反して集められた事例も認定し、官憲等の加担にも言及する。そのうえで、「多数の女性の名誉と尊厳を深く傷つけた」「心からのお詫びと反省の気持ち」を表明。官房長官談話は日本政府の公的な見解である。この談話に続いて、朝鮮民族解放から半世紀になる九五年八月、村山富市首相が談話を発表。「戦後五〇周年の終戦記念日にあたって」と題する声明で「植民地支配と侵略によって諸国民に多大の損害と苦痛を与えた」と謝罪。元従軍慰安婦へ一時金支払いを目的に民間からの募金による「女性のためのアジア平和国民基金」を立ち上げた。

この河野談話と村山談話を以後の歴代内閣は日本政府の歴史認識として受け継ぐ。九六年、国民基金は元慰安婦に一人あたり二〇〇万円の償い金の支給を開始、翌年には橋本首相が元慰安婦七人に「お詫びの手紙」を書き、償い金と共に三〇〇万円規模の医療、福祉支援を伝える。

だが元慰安婦の対応は分かれた。肯定的に受け止める声もあったが、大半が「要求はあくまで国家の謝罪を通じた尊厳の回復。償い金の出所は民間であり、国家責任を認めないと考えざるを得ない」というものだった。両国で高まる反発。歴史修正主義も胚胎するなか、対話で過去の克服を目指したのが小渕首相(任期98-2000)と金大中大統領(任期98-03)だった。九八年一〇月に訪日した金大中は小渕と共に「日韓共同宣言」を発表。「21世紀に向けた新たな日韓パートナーシップ」を謳い、小渕も日本の植民地支配について「痛切な反省と心からのおわび」を表明する。二人は過去に区切りをつけ、未来志向の関係を打ち出し、首脳間交流の定期化、経済面での協力強化、そして分断されてきた文化交流などの行動計画をまとめた。その詳細さと具体性は首脳間で交わされた文書としては極めて異例であり、その後の日韓関係の礎となる。日本の外務省HPに掲載されている「日韓共同宣言」本文の要約を紹介する。

小渕総理と金大中大統領は六五年の国交正常化以来築かれてきた両国関係をより高い次元に発展させ、21世紀に向けた新たな日韓パートナーシップを構築する決意を宣言した。善隣友好協力関係には、両国が過去を直視し、理解と信頼に基づいた関係を発展させていくことが重要である。小渕総理は、我が国が過去の一時期、韓国国民に対し植民地支配により多大の損害と苦痛を与えたという歴史的事実を謙虚に受けとめ、痛切な反省と心からのお詫びを述べた。金大中大統領は、小渕総理の歴史認識の表明を真摯に受けとめ評価すると同時に、両国が過去の不幸な歴史を乗り越え、和解と善隣友好に基づいた未来志向的な関係を発展させるため相互努力が時代の要請であると表明した。両首脳は、両国の若い世代が歴史認識を深めることが重要であることについて見解を共有し、多くの努力が払われる必要がある旨強調した。小渕総理は、韓国が国民のたゆまざる努力により、民主化を達成し、成熟した民主主義国家に成長したことに敬意を表した。金大中大統領は、日本が平和憲法の下、専守防衛及び非核三原則等、国際社会の平和に日本が果たしてきた役割を高く評価した。両首脳は、日韓両国が、自由・民主主義、市場経済という普遍的理念に立脚した協力関係発展させていく決意を表明した。

日韓共同宣言は日韓関係の分水嶺だった。韓国側が一方的に反省を求めるのではなく、日本側の謝罪を受け入れ、戦後の平和国家としての歩みを評価したという点で、日韓の和解を実現した画期的な宣言だった。行動計画も作られ、青少年交流の拡大や文化交流の充実など四三項目の推進が合意に至り、韓国政府は禁じてきた日本の映画や漫画など大衆文化の開放に踏み切る。この両国の歩み寄りは二〇〇二年のサッカーWカップ共同開催を実現させた。もし小渕が急逝しなければ関係はさらに深化したであろう。

この小渕のパートナー、金大中の大統領就任こそ、軍事独裁の終焉を決定づけた。韓国では一九九七年一二月三〇日を最後に死刑は執行されておらず、国際社会で事実上の死刑制度廃止国に位置付けられてゆく。康さんが獄中で一瞬、交錯した金大中。その民主化路線を受け継いだ盧武鉉、文在寅が韓国の負の過去を直視し、謝罪に取り組むことになる。

学びと再起

この時期、康さんは五一歳を迎えた。日本に戻ってから一三年が過ぎていた。人生の折り返し地点を前に、康さんが決意したのが大学院進学。契機は南北首脳会談だった。二〇〇〇年六月一三日から一五日まで、金大中が平壌に向かい、北の金正日総書記と会った。南北に分断されて以来、初めての首脳会談だった。六・一五南北共同宣言が発表され、康さんは衝撃と感動を受けた。そして同時に、自身の研究者としての力不足を痛感する。

研究所を立ち上げたけれど、講演や翻訳など生活に追われ、まともな研究を何一つしていない。講演で朝鮮半島情勢を語り、統一への道筋を示したが、その内容に責任を持てるのか。自問すればするほど答えに窮しました。もう一度、基礎的な学びからやり直そう。国際政治を体系的に、客観的に俯瞰しようと決心しました。

二〇〇二年、康さんは大阪大学大学院国際公共政策研究科に進む。この年、韓国では米軍装甲車による女子中学生轢死事件が起き、反米感情が高まっていた。この事件は京畿道の楊州市で、駐韓米軍基地への帰路についた米軍装甲車が、公道で女子中学生二名を轢き殺したもので、米軍は操縦手と管制官を軍事法廷に起訴。在韓米軍司令官が謝罪した。韓国政府は裁判権の行使を米軍に要請。だが米軍は「公務中の事故であり、アメリカが裁判権を放棄した例はない」として無罪評決を出す。統一はアメリカの軍事戦略とは決して無縁ではいられない。指導教員は日米同盟や小笠原返還を研究するロバート・エルドリッジ准教授、研究テーマは「朝鮮半島の非核平和と東北アジアの安全保障」に定めた。

だが、非核と平和は遠かった。二〇〇二年九月一七日、小泉純一郎首相が平壌を訪問し、金正日総書記と会談した。この会談で北は日本人拉致を認めたのだ。日本では在日に対するヘイトスピーチが跳梁。南北朝鮮に対する激しい反発が列島に広がった。

現在、日本政府は一七名が拉致されたと認定。北朝鮮は謝罪し、再発の防止を約束し、同年一〇月、五名の被害者が帰国する。他の拉致被害者についても北は「直ちに真相究明のための徹底した調査を再開する」と明言。にもかかわらず、その後、納得のいく説明はなされず、返還された拉致被害者の遺骨も別人と判明した。

北は政権の存続を核開発に託した。弾道ミサイル発射実験を繰り返し、日朝関係は悪化の一途を辿る。南北統一を訴える康さんは「北の体制を認め、対話で平和実現を目指す無邪気な非国民」と誹謗される。在日は特権が付与され、優遇されているとの陰謀説も跋扈した。偏狭なナショナリズムの暴走。在日に向けられた負の感情の連鎖を前に康さんはもがいた。客観的な事実を、他者に届く言葉と文字で、伝えようと論文に打ち込んだ。体力と気力、思考と記憶力の衰えを感じながらも、分断を駆動する国際政治と格闘した。

康さんは五六歳で国際公共政策の博士号を取得。現代ドイツ政治が専門で平和学を教える木戸衛一先生の力添えも得て論文を完成させた。その後、早稲田大学客員教授や同志社や大阪大の非常勤講師として教壇に立つようになり、研究にも熱が入った。この博士号の取得を誰よりも喜んでくれたのが獄中の康さんの救援に奔走した天王寺高校の同級生であり、師父、福田勉先生だった。すぐに「康君の博士論文合格を祝う会」が催され、七六歳になった先生は病躯を押して挨拶文を読んだ。先生はパーキンソン病を患い、療養生活は一四年目になっていた。

今日はお招きを頂きありがとう。ここ二〇年ほど、少年のように感受性が高ぶり、多情多恨、感激の度が過ぎて神経が過敏に反応する傾向が出て、涙がとめどなく、考えをまとめることは不可能になります。原稿の棒読みをご了承ください。康宗憲君の博士論文合格のお祝いの集いですので、激励の意を込めて昔話を致します。高校二年の時、文化祭で日朝問題をやりました。朝鮮展をクラスの出し物とするためには、その趣旨をクラスで理解、納得してもらわなければなりません。康君が奮起しました。自分が朝鮮人であること、まだ見ぬ祖国を自分の眼で見たい。祖国への自由往来を実現するために日本政府の考えが変わるように「日本の皆さん」に協力して欲しいと要請しました。これは在日コリアン六〇万人の共通する、人間としての権利の視点から、自らが朝鮮人であることをクラスの皆に明らかにしたことになります。

その時のことです。来場者が熱心に展示物や資料に目をやりながら私に言いました。「私が天王寺高校に在学中に自分が朝鮮人であることを誰にも打ち明けられなかった。このような朝鮮文化展のような活動が行われていたら、私は高校時代、胸を張って、もっと素晴らしい生き方をしたにちがいない」。三年の時も文化祭で朝鮮文化展をやりました。討論会の時、「北」、「南」どちらを祖国と思うのかという質問が出て、会場は緊張に包まれました。日本人生徒としては学友に対する思いやりもあって、そういう話題は避けていた。康君は答えました。「それを考えるためには、日本で生まれて祖国をまだ見ていないのですから、この自分の眼で二つの祖国を見て、現実を見比べたいという要求があります」。

これは祖国への自由往来の権利、日本で生まれた朝鮮人の子どもの民族自決権への覚醒と言えるのではないでしょうか。同級生の皆さんは康君が朝鮮人としての自覚を支える上で大いなる友情を発揮された。康君がソウル大学在学中に死刑判決を受けた。死刑確定までのあまりの迅速さに殺されると心配した。そして小中、高校の同級生は康君の命、良心をまもるために毎月、きちっと母校に集まり、救援に必要な全ての、考えられるあらゆる手立てを尽くしました。生還した康君は牢獄の中で韓国の「真の良心」に出会ったと、その感動を語ります。その出会いを、良心を受け継ぎ、学問に活かしてください。

康君の、いわば門出に呼んでくれてありがとう。長生きはするものだ。ありがとう。

博士号を取得しても康さんと同級生は福田先生から学び続けた。毎年、先生を囲む会を開き、福田先生は日韓関係や日朝問題、南北統一、そして基本的人権や民族自決権について資料を作成し、激動の朝鮮半島をめぐる時事問題を解説した。康さんは天王寺高校で受けた世界史の授業を思い出し、とても幸せな気持ちになったという。

こうして康さんは本格的に研究者の道を歩みだし、金大中の自伝を翻訳する。『金大中自伝Ⅰ　死刑囚から大統領へ　民主化への道』『金大中自伝Ⅱ　歴史を信じて　平和統一への道』を刊行した。

金大中は太陽政策を掲げ、南北首脳会議を実現し、ノーベル平和賞を受けた。受賞の理由は「民主主義人権の尊重に対する長年の精力的な関与と南北融和政策」。授与者を選考するノルウェー・ノーベル委員会のゲイル・ルンデスタッド事務局長（当時）は以下のように評価した。

「金大中の統一へのアプローチは同じノーベル平和賞を一九七一年に受賞した西ドイツのヴィリー・ブラント首相の東方外交に最も類似している」

後のドイツ統一のように西による東の吸収ではなく、互いの存在を認める連邦制から漸次、統合してゆく政策こそ、実現可能性があると称賛した。金大中も大統領就任後、次のように述べた。

「私たちは西ドイツが東ドイツを吸収した後に統一ドイツ国民を襲った政治的、経済的、心理的問題に関するあらゆる困難を知っている。もし私たちが北朝鮮を弱体化させ、（軍事的、経済的）併合を試みる場合、どんな困難が待っているか想像もできない」

金大中が目指したのは連邦制、決まり文句は「統一は一つの民族、二つの体制、二つの独立政府」。北朝鮮も「緩やかな連邦制」を統一の起点にするアプローチに一定の支持を示した。

金大中の登場が無ければ韓国が恥辱と汚辱の歴史に向き合うことはなかった。軍事独裁によって「北のスパイ」とされ、弾圧された康さんたちの再審や名誉回復も叶わなかった。金大中は自らの命を狙ったKCIAを廃止。権限や機能を大幅に縮小した国家情報院を大統領直属機関として新設した。

過去の清算は、その国における民主化の進展と市民社会の成熟度を映し出す。軍事独裁政権が徹底的に弾圧し、無きものとした記憶と記録を掘り起こし、犠牲者の名誉回復に努めた。

だが、保守勢力は国家の過ちを認めようとはしなかった。巻き返しを図り徹底抗戦。こうして「記憶の内戦」が勃発。康さんたちも「北のスパイ」か「民主化の闘士」の分岐点に置かれた。

真実和解委員会

不条理な暴力と死に覆われた国家において、犠牲者は再生できるのだろうか。市民を守る警察や軍、そして司法が不正に加担した国家で、正義は回復されるのか。過ぎ去らない過去。日本と朝鮮半島のあいだには支配と隷属をめぐる幾多の「負の過去」が克服されぬまま放置されてきた。だが、負の過去を清算しないままでおくと、憎悪や怨嗟が亡霊のようによみがえる。真実を否定し、歴史を書き換えても、国家に虐げられ、棄てられた個人の痛みは消えることなく彷徨い続ける。

韓国の「過去の清算」は冷戦崩壊後に始まった。国家の罪に向き合ったのは最初の文民政府となる金泳三大統領（任期93–98）、金大中（98–03）、盧武鉉（03–08）の三政権。まず取り組んだのが「国家への反逆」とされた済州島四・三事件の真相糾明。そして犠牲者の名誉回復に関する特別法制定だった。南北分断の固定化と、警察などによる白色テロに抵抗し、武装蜂起した三万人近い島民が虐殺された四・三事件。歴代政権は、犠牲者を「北のスパイ」「共産暴徒」と決めつけ、国家による民間人虐殺を認めようとしなかった。過去の清算は警察や軍など国家機構を加害者とし、犠牲者を被害者と位置付ける。これまでの「愛国者」が弾圧者になり、「非国民」を憂国の士にする。この「歴史の見直し」は韓国全土で激しい「記憶の内戦」を引き起こしたが、二〇〇〇年、金大中は国家の過ちを認め、四・三特別法を公布。犠牲者遺族と済州道民に公式に謝罪した。

国家の正統性を揺るがしかねない加害の罪を国家が認めた歴史的瞬間だった。さらに清算を進めたのは後継の盧武鉉だった。一九四六年に生まれた盧武鉉は貧困に苦しんだ少年時代を経て、弁護士になった。人権救済に奔走し、大統領選に出馬し、無党派層の支持を得て当選する。旧勢力に「借金」は無かった。

イギリスの歴史家E・H・カーは「歴史とは現在と過去との対話である、現在に生きる私たちは、過去を主体的にとらえることなしに未来への展望をたてることはできない」と語った。

二〇〇四年八月一五日、盧武鉉も国民に過去との対話を呼びかける。

歪曲された歴史を正さなければならず、真相をきちんと明らかにして歴史の教訓としなければなりません。過去に起こった政治的な出来事を包括的に整理する必要がある。そして真相糾明は反民族親日行為だけでなく、過去に国家権力が犯した人権侵害と不法行為も対象にしなければならない。

この方針に基づき国会で採択されたのが「真実・和解のための過去事整理基本法」だった。その精神は「歪曲され、隠蔽された真実を明らかにし、過去と和解し、国民統合に寄与する」。そして国家の罪に向き合うため、真実和解過去事整理委員会（以下、真実和解委員会）が設立された。犠牲者の赦しを得るために公式に謝罪し、和解のために真実を公定する真実和解委員会。北のスパイとされた康さん達の名誉回復もここに胎動する。

だが、幾多の困難が清算を阻んだ。初代委員長は盧武鉉と文在寅と共に民主化運動を支えた宋基寅《ソンギイン》神父。

スタッフは一二〇人（後に二三五人）。予算規模は七五九億ウォン（約七二億円）、主目標は五つ。

Ⅰ・国家暴力と人権侵害に対する真相糾明
Ⅱ・責任者と国家機構に対する司法的処罰
Ⅲ・被害者に対する補償と名誉回復
Ⅳ・軍、警察など抑圧装置の解体や民主化
Ⅴ・権力の恣意的な行使を抑制する法や制度の整備

真相究明の射程は日本の植民地統治から今日までのおよそ一世紀。三つの時期に分け、その時期の課題を中心に取り組んだ。

三つの課題は植民地統治下の「親日派」。朝鮮戦争前後の「民間人虐殺」。軍事独裁の「国家暴力」。順に概観する。最優先課題は親日派による罪の清算だった。本来、解放により親日派は断罪されるはずだった。ところが建国直後、韓国はアメリカ軍政下に置かれる。反共の防波堤とされ、「秩序を維持せよ」と要請された。結果、日本の走狗として民衆を弾圧した警察や軍隊、司法などの親日派は罪に問われぬまま温存される。アメリカは「彼らは過去に親日だったのではなく、職務に忠実だったに過ぎない」と免罪符を与え、親日派の地位と権力は日本の統治時期よりも強化される。こうして親日派は反共の闘士となり、「愛国の士」として軍事独裁政権を支えた。

朝鮮戦争前後の民間人虐殺は四・三事件に端を発する。軍事政権は思想監視を徹底し、警察と軍は共産主義に傾倒した過去を持つ二〇万人近い市民を処刑。朝鮮戦争の犠牲者数は諸説あるが、少なくとも北で二五〇万人、南で一三三万人以上が落命。韓国では軍、警察、右翼の武装集団が「共匪討伐」の名目で、民間人を虐殺。休戦後も朴正熙は真相究明を求める人々を投獄し、虐殺の記憶を封印した。

康さんを弾圧したのは日本の植民地統治と地続きの暴力装置だった。独裁政権を打ち立てた朴はＫＣＩＡを設立。このＫＣＩＡは「国家のなかの国家」として君臨。盗聴と監視を徹底し、拷問、スパイ捏造を繰り返す。言論統制と暴力で政治と市民生活を圧倒した。ＫＣＩＡと共に、国軍保安司令部、警察の治安本部対共分室も、満州軍や日本軍出身の親日派が占めた。特に草創期のＫＣＩＡには朝鮮独立運動を封殺した特高警察や憲兵補助員が多数参加した。司法も弾圧に加担。裁判所は拷問により捏造された公安事件を、検事の求刑通りに判決を出した。

軍事独裁への恐怖は消え去らない。犠牲者は迫害を恐れ、沈黙した。金大中政権も元ＫＣＩＡ長官、金鍾泌と手を組んで誕生した出自を持つ。軍事政権の罪を認める「過去の清算」の限界は明らかだった。だが、「声なき声」を伝えたのが民主化されたメディアだった。ＴＶ局ＭＢＣは『いまようやく話すことができる』で一連の人権侵害事件を報道。済州島の地方紙も四・三事件を取り上げ、犠牲者の思いを届ける。世論は動いた。タブーとされてきたアメリカ軍の罪にも光が射す。真実和解委員会は朝鮮戦争初期に米軍が二〇〇人以上の韓国市民を虐殺した老斤里《ノグンリ》事件の真相究明に乗り出す。この事件は一九五〇年七月二六日から二日間、韓国の中心、忠清北道の老斤里で米軍が避難民のなかに北の兵士が混ざっているとして航空爆撃と機関銃で避難民を射殺したものだ。生存者は永らく沈黙してきた。真相究明によって朝鮮戦争中、米韓連合軍は、一〇〇〇人以上の市民を政治犯として処刑したことを明らかにする。

「被害」の立ち位置に慣れてきた政府と市民に「加害」は強烈な痛みをもたらした。痛みは続く。アメリカの要請で韓国はベトナム戦争に参戦、九〇件近い虐殺事件を起こした。派兵が開始されたのは五六年から七三年まで。その間、無差別に殺した住民は八〜九〇〇〇人。戦争終結後、南ベトナム政府は慰霊碑を建立し、韓国政府に謝罪を求めたが、軍事政権は拒否。

民主化後、メディア報道で明らかになるまで市民は「加害」について知る由もなかった。

記憶の内戦──ＫＣＩＡの攻勢

盧武鉉は過去の清算の恒久化を目指す。国家保安法の廃止を明言。ＫＣＩＡの後身、国家情報院、国軍、警察それぞれに真相究明委員会を設置。自浄と自省を促した。検察と司法機構にも過去清算を要請する。

だが、壁は高かった。朝鮮戦争は休戦状態にあり、国家保安法は廃止されなかった。軍や警察、司法の抵抗は激烈を極めた。「国家情報院過去事真実究明のための発展委員会報告書」によると、五一年から九六年までに検挙されたスパイは四万四九五五人。このうち在日コリアンを含む日本関連四三〇人。韓国人のスパイ三二一六人。漁民を装った北のスパイ九七人、南に潜入した北のスパイ六二二人。これは国家情報院の報告書だけの数字であり、警察、軍の検挙は計上外である。

司法はさらに後ろ向きだった。これまでの公安事件の判決文を「検討」しただけで具体的対応はしなかった。検察に至っては作業に着手すらせず放置。後に執拗な捜査で盧武鉉を自殺に追い込んだ検察は、盧武鉉の右腕として青瓦台（大統領府）入りした文在寅にも激しく反発した。

この「記憶をめぐる攻防」は犠牲者の真実を覆い隠し、和解を遠ざける。

南北の平和的統一を願った大学生や格差是正を訴えた労働者が弾圧された疑問死真相糾明委員会では、八二件の疑問死の調査を進めた。だが国家情報院、国軍、警察の妨害によって調査は行き詰まる。結局、二割のみが事件と認定され、残りは棄却か調査不能となった。その後、調査継続を求める世論の後押しを受け、再開された。だが保守勢力は「北のスパイを民主化運動の貢献者と認めた」と猛烈な非難を展開。

活動は停止に追い込まれた。

後の大統領、文在寅も「真実の争奪戦」に懊悩する。人権弁護士として民主化闘争を支援した文は新設された市民社会主席室の首席秘書官を務める。この市民社会主席室は「真実・和解のための過去事整理基本法」を後押しした社会運動と政権の回路だった。だが、組織の存亡を賭けた司法、治安・公安組織の抵抗は激化。文の自伝には司法への非難が綴られている。


国が多くの人々に対して、悪辣な行為をほしいままになした。一人の人間の人生を完全に踏みにじった。事件を捏造しては、青春真っ只中の若者たちを連行して獄に閉じ込めた。老いて白髪となるまで刑務所に入れ人生を消耗させた。本人のみならず家族まで破綻に追い込んだ。スパイの家族であるとして公職から遠ざけ、就職の機会すら奪った。周囲から後ろ指を指され、一家離散の憂き目にあわせた。これらの過ちが国家によって、恣意的に行われた。国が過ちを認めて被害者たちの名誉を回復し、賠償したとしても、それまでに奪われた彼らの人生や生活を取り戻せはしない。

一番大切なのは、過ちを認める国家の誠意。国家が自らの過ちを心から謝罪し、彼らの名誉を回復してこそ、加害者と被害者の真の和解が可能になる。過去を整理してこそ、和解と統合がはじまる。克服すべき過去が最も多い国家情報院、警察、軍、それぞれに過去事委員会を設置した。過去の清算が絶対に必要なのに放置されているのが検察だ。多くの捏造が暴露され、再審で無罪が確定しても、検察だけは何の反省もしていない。

盧武鉉は努力を惜しまなかったが、政権の力量不足が露呈したと振り返る。

国会議員や高位の公務員の収賄や職権乱用を調査する「高位公職者不正捜査処」の設置が議員の反発によって不発に終わった。とりわけ悔しかったのが国家保安法だ。廃止に向けて最大限の努力をした。だが与党による準備、検討は失望そのものだった。案をまとめると言いながら、内部資料の流出を口実に作業部会は解散に追い込まれた。与党は過半数近い議席を持っていたにも関わらず、党内で合意形成ができず、国民に十分に訴えることもできなかった。

真実和解委員会が処理したのは八四五〇件。内訳は、抗日独立運動二〇件、敵対勢力関連一四四五件。民間人集団虐殺関連六七四二件。人権侵害二三八件など。限界があったものの犠牲者にとって、国家による「償い」は福音だった。

しかし在日留学生への謝罪も名誉回復もなかった。再審請求も一切、受理されぬままだった。

そして二〇〇八年、盧武鉉退陣と共に過去の清算は中断された。

分断を超えて

「イムジン河」

イムジン河　水清く　とうとうと流る
水鳥自由に　むらがり飛び交うよ
我が祖国　南の地　おもいははるか
イムジン河　水清く　とうとうと流る

午前五時、漆黒の闇の中、ソウルを発ったバスが凍てつく夜道を北上する。イヤホンから統一への願いが込められた「イムジン河」が響く。向かうのは北緯三八度線の先にあるイムジン河（臨津江）。滔滔とながれる大河は南北に分断された朝鮮民族の悲哀を映し出す。故郷を失った悲嘆、家族が引き裂かれた憤怒、自由を奪われた苦衷……、康さんは高校生の頃から数えきれないほど、この哀切な調べを聴いてきた。

二〇〇九年秋、筆者と康さんは北朝鮮を訪問する旅にでた。バスに乗り合わせた乗客は二〇名程。南北を自由に行き来する日を待ち望む人々は一言も話さない。車窓に顔を押し付け、食い入るように、闇の先に目を凝らす。ソウルから平壌まで僅か一九六km。厳寒の冬が迫る一瞬の錦秋。蒼白の月明りが道脇に現れる機関銃や塹壕、白地に青く半島が染められた統一旗を照らし出す。国境までおよそ二時間。前に座る康さんは握りしめた拳を頬にあて、一心に北を凝視する。

イムジン河　空遠く　虹よ　かかっておくれ
河よ　おもいを伝えておくれ
ふるさとをいつまでも　忘れはしない
イムジン河　水清く　とうとうと流る

この「イムジン河」は北朝鮮の国歌を手掛けた詩人・朴《パク》世《セ》永《ヨン》が作詞した。一九六八年、日本では国交のない北から統一を願うという政治性が問題視され、レコードが販売中止に追い込まれた過去もある。清冽な曙光が射し、バスは金色の世界に包まれる。写真家がマジックアワーと呼ぶ時間帯。明と闇が混ざり合い、影が消える。自分も、周囲も、輪郭が滲み、境界が消える。彼方に見える鉄条網の壁も薄明の空に溶け、何と何を隔てているのか分からなくなる。

この時期、南北の緊張が緩み、ソウルから陸路で分断線を超え、イムジン河を渡り、かつての高麗の都、開城をめぐる友好ツアーが許可されていた。

〈ようやく夜明けですね――〉

昨夜は興奮して眠れなかったですね。まだ暗いですね。今日は四時に目が覚めた。国境まであっと言う間でしたね。あの真新しい建物が出入国管理場。この先に南北の事実上の国境である軍事境界線と南北を隔てる非武装地帯が続いています。

分断がなければスパイにされることもなく、死刑囚になり、監獄で一刻、一刻と人生の可能性を奪われることもなかった。出入国管理場は鉄筋コンクリート製の堅牢な造りで、銃を構えた兵士がパトロールしていた。至る所に監視カメラがあり、緊迫した空気に満ちている。ツアーに参加した在日コリアンは康さんのみ。その上、再審は認められず、国家保安法に違反した元死刑囚である。「北のスパイ」が北に向かう行為を罪とされ、逮捕される恐れもあった。筆者は緊張で全身から汗が吹き出す。待合室で出国審査を待つ半時間、口が渇き、足が震え、座っていられない。いつも泰然自若としている康さんも殆ど話さず、じっと天井を見つめる。緊張が頂点に達した時、突然、康さんの携帯が響き渡った。周囲の視線が一斉に突き刺さる。康さんは携帯を手にした。

「番号は……あ、日本からです。一体こんな未明に何でしょうか……」。表情は青ざめている。筆者も動揺を隠せなかった。「はい康です。あら、チャンウ（長男）か、どうしたんだ、何があったんだ……、何？……、そうか……、自分で判断しなさい」。

深いため息と共に電話を切った。監視する軍人の眼差しが康さんを射抜く。

「はあ……息子が金髪にしたいと妻に懇願したそうです。高校生で色気づいたんでしょう。妻が私にきちんと説明し、説得できたら考えてもいいって返事したそうです。切羽詰まった息子が電話をかけてきたという訳です。はあ……、私も厄介なことになったと覚悟しましたよ。しかし、よりによって何で、このタイミングなのでしょう。黒髪決定ですね」。筆者は思わず、手を打った。

出国ゲートを超えると非武装地帯・DMZ（Demilitarized Zone）が広がる。朝鮮半島を引き裂くDMZは東西二四八km、軍事境界線から韓国、北朝鮮それぞれ二kmの南北四km、面積にして約九〇七平方km。このノーマンズ・ランドには二〇〇万個以上の地雷が敷設されている。半世紀以上、手つかずの自然が残され、渡り鳥や野生動物の楽園になっている。

分断がもたらした歴史の裂け目と破断された大地。

韓国側にはおよそ一〇〇か所の鉄条網で覆われた哨戒所が配備され、北朝鮮側には巨大なスピーカーと権力者を称える看板が設置され、その背後には赤茶けた大地が茫洋と広がる。

〈いよいよですね――〉

ええ、これから、いよいよ三八度線を越えることになります。以前では考えられなかった事が、今、実現している。それを自分で体験する事になるわけですから、もう本当に興奮もしています。いよいよ、こういう時が来たんだなという実感が強いです。分断線を堂々と越えるわけですから、それも南の市民たちと共に。

私が日本で、大学の下宿で、獄中で、あれほど願った民衆と共に分断を超えて行く。この先に、きっと、統一がある、いつか実現する。この一歩一歩が信じられない程、愛おしい。どれだけ遠くても、願いなしに希望は叶いません。いや……、うまく話せませんね。研究者なのに言葉が見つかりません。

空は抜けるように青く、一筋の雲もない。康さんはゆっくりと分断線に向かって歩みだした。ここから平壌までおよそ一八〇㎞。左右には臨津江が流れるＤＭＺが広がる。二〇〇七年一〇月二日、南北首脳会談に臨む韓国の盧武鉉大統領は徒歩で国境を超えた。康さんも同じ路を、真っ直ぐに北に伸びる路を、「その日」に続く路を、一歩、一歩、踏みしめる。

北朝鮮に入ったことはすぐに分かった。陽に焼けた緑色の軍服に身を包んだ兵士は痩せていた。眼光は鋭く、筆者に近づき、流暢な日本語で囁いた。「ツボイさん……ですね。高校は……」。背筋が凍る思いと言うが、筆者の身体は強張った。家族すら知らないようなことまで知られていた。一方、康さんは流暢な民族の言葉で会話を楽しみ、「あなた韓国人か」と間違われていた。バスに乗り換え、かつてソウルへと続いていた線路沿いを北に向かう。車窓から見えるのは圧倒的な貧しさだった。燃料不足を補うためか、見渡す限り、木々がない。錦秋は訪れず、風が遮られることなく、低い唸りを響かせながら、大地をなめるように吹き抜けてゆく。遥か遠くに見える峰々も禿山が続く。時折、子どもたちが線路の枕木を引っこ抜き、肩に担いで家路につく姿が見える。南北融和の象徴と言われる開城工業団地の建造物や、古都の趣を伝える古刹や街の案内看板には表向きの装飾が施されていた。だが本来、北朝鮮の「豊かさ」を映し出す土産物屋には朝鮮人参と焼酎と主導者を称える思想書以外、何もなかった。

それでも、人々の生活の息吹があった。日本では貧しさばかりが強調された記事や映像が流れるが、木陰で談笑する高齢者、歓声を上げて追いかけっこに興ずる子どもたち、懸命に田畑を耕す農夫……、康さんは一瞬一瞬を慈しむように、目で、耳で、肌で、鼻で、舌で、すべての感性を開き、良心を駆動し、「越境」を受け止めた。

七時間の滞在はあっという間に過ぎていった。

すごい、あの、来て良かったですね、愛着を感じました。勿論、私たちが見せられているのは一面的な北の姿でしょう。暗部は隠すでしょう。それでも人々の暮らしに触れられたことは何よりの喜びでした。開城は由緒ある古都です。長い歴史の積み重ねと伝統は十分にこの地域に溶け込んでいるし、案内してくれる人もそれを誇りに思っている。本当に素朴な、南のどこにでもいるような庶民です。昼食を共にしましたが、喜怒哀楽をそのままぶつけ合い、旅人をもてなそうと歌を歌い、ざっくばらんに会話をした。

勿論、監視人はいましたが、同じ言葉を話し、同じ時を共にする。そのなかで通じるものが生まれる。同じ同胞としての、屈託のない出会いがいろんな場所であった。私の心は暖まったし、日本から来た私も同じ民族として自然に溶け込んでいる。とても嬉しかったですね。

再び軍事境界線を超え、入国審査を経て、ソウルに戻るバスに乗った。黄昏が近づき、黄金色に染まった大地を南に向かう。渡り鳥の群れが大空を自由に飛び交い、暮れ行く夕焼けを追いかけるように去ってゆく。康さんの目は潤んでいた。

ソウルに戻り、陽の名残りに包まれた明洞《みょんどん》に向かう。猥雑で活気あふれる歓楽街の路地裏の居酒屋でビールを飲み干すと緊張が一気に解けてゆく。明日は日本に帰る。ジョッキが次々と空になってゆく。夜が深まったころ、康さんは筆者を民主化運動の拠点となった明洞大聖堂に案内してくれた。観光客がひっきりなしに行き交う、喧噪に満ちた繁華街の一角に、夜空を衝く尖塔を戴く大聖堂が聳えていた。

康さんは獄中で多くの神父に出逢った。死刑囚から無期懲役になった時期に洗礼を受けクリスチャンになった。熱心な信者ではないと言うが、人類の罪を償い、救いをもたらそうとしたキリストの贖罪、その犠牲の死を伝える聖書は苛酷な獄中を生き抜くのに欠かせない、何よりの糧だったという。

中に一歩入ると、喧噪と猥雑さとは無縁の静謐な空気に包まれた。かつて、この空間に民主化を求める市民が集った。幾度弾圧されても良心の自由を求め声をあげ続けた。軍事独裁に生を賭して抗った同胞を悼み、挽歌を吠えた。酔いは醒め、清冽な沈黙に支配される。

旅が終わる。還暦を前にした康さんに青春を奪われた悔しさを聞いた。

〈心の痛みや憤りは消えないのでは――〉

北朝鮮の開城につながる観光の道ができている。高く厚いと思われている分断の壁が、少なくとも、今日は、絶対的なものではなくなった。数えきれない人の犠牲によって、犠牲を積み重ねることで、分断の壁に穴をあけ、道を通し、線路をつなごうとする人がいる。そういった意味で私はもう統一に向かう時代に入っている実感を持っています。
私の歩みがどれほど統一に寄与しているかといえば、それは、ちっぽけなことでしょう。日本で生まれ育った一人の朝鮮民族の青年が統一のために何かしたいという思いで、活動し、刑務所に入り、北のスパイといわれ、国家保安法で死刑をうけ、でも五年、一〇年と監獄で暮す中でやはり歴史は前に進んでいくんだ。民衆の力で歴史は進んでいくんだという事を痛切に感じました。

〈もし青春をやり直せるとしたら――〉

ええ……二四歳から一三年間。私にとっては一番、人生の貴重な時間かもしれないですね。でも貴重な時間を、私の祖国が一番苦しい時期、軍事独裁に苛まれ、分断のなかで多くの人が傷つく一番困難な時期に、自分の一番美しい物を捧げる事ができたとしたら、自分にとっては喜びです。医者になって、人に尽くす道もあったかもしれないし、それも良い事だと思うんですけど、私は誰の青春とも、私の青春を取り替えたいとは思わない。
自分にとっては苦難の道であったけれども、もう一度、同じ場面に遭遇したら自分の身体で、心で、もう一度同じことをすると思いますね。民主化のために一歩でも前に進む人生を、青春を、送ったと思います。

真実の奪還

二〇一〇年春、元留学生らの再審請求を支援する「在日韓国人良心囚の名誉回復を求める会」が設立された。参加したのは日本全国の当事者およそ二〇人と家族や支援者約一〇〇人、年末に初総会が開かれた。講演した康さんは「不当に弾圧された人々の名誉回復と被害補償」を訴えた。冤罪の犠牲者にとって再審は最後の、唯一の法的救済手段だ。だが、日本でも韓国でも裁判所は司法の誤りを殆ど認めない。法の不備も放置されたままだ。日韓共に刑事訴訟法には再審の進め方について何の規定もない。再審を求める人がどれほど悲痛な思いで、再起をかける切実さで救済を求めても何も定められていない。

通常なら裁判所が起訴状を受け取った後、どのような手続きを経て、初公判期日を指定すべきかが定められているのだが、再審事件にはこの種の規定すらもない。

多くの在日留学生も再審に後ろ向きだった。

「つらい過去を振り返れない」「韓国政府は決して反省しない。特に在日には厳しい」「再審を理由に連行される恐怖がある」「スパイの汚名を着せられ、家族は蔑まれ差別を受けた。そっとしておいてほしい」など、再審に二の足を踏んだ。名誉回復を求める会は真実和解委員会さえ知らされなかった当事者に再審の道を伝え、韓国の人権弁護士も何度も渡日し、再審を呼びかけた。こうして、少しずつ韓国の司法は再審請求を受理するようになる。

この年、神戸市に住む李憲治《イホンチ》さん(58)は三〇年間待ち望んだ無罪判決を得た。日本の記者団に対し「今日、苦痛が終わる。韓国が民主化された姿をこの目で見た」と語った。

李さんは、韓国の大手企業で働いていた八一年、突然、国軍保安司令部に連行され、拷問された。「北でスパイ教育を受け、韓国に潜入し、日本にいる工作員に国家機密を伝えた」と自白するよう迫られた。一審で死刑、二審で無期懲役判決を受け、獄中に一五年近く幽閉された。二九歳だった青年は仮出所した時、四四歳になっていた。

家族も周囲から「スパイの一味」と呼ばれ苦しんできた。この日、「これからは堂々と胸を張ることができる」と涙ぐんだ。

奈良市の不動産業尹正憲《ユンジョンホン》さん（57）も無罪判決を得た。高麗大医学部生だった八四年に連行され、懲役七年の判決を受けた。身に覚えはなかった。尹さんは「在日は総連や北のニュースに日常的に接する機会があり、軍事政権は思うままに容疑を作れた」と言う。ソウル地裁での再審では、漏洩したとされた国家機密が「ソウルの地下鉄の料金表」という杜撰な捜査が露呈。裁判所の係官が思わず失笑を漏らした。

康さんは出獄後、幾度再審請求を求めても却下されてきた。真実和解委員会が設立されても元死刑囚が無罪になった例はなかった。


当時は李明博政権です。盧武鉉が取り組んだ過去の清算は次々と打ち切られました。真実和解委員会は二〇一〇年末に活動期限を迎えますが、保守政権は廃止方針を明確にしました。京都に住んでいる李宗樹《イジョンス》さんがこの年の夏に無罪を得ました。とても嬉しかったけれど、国家保安法違反の自分に再審が認められるのか、極めて懐疑的でした。それでも死刑囚に再審が認められれば、さらに在日留学生の再審の道が拓かれると思い、ソウルの人権弁護士を通じて再審を申請しました。

康さんは厳寒のソウルに向かい、真実和解委員会が解散される寸前の、一二月一五日に直接、再審請求する。受理の諾否を決するのは一五人の委員。初めての元死刑囚からの請求、委員の意見は二分。一票差で「再審受理」が決まった。理由は「死刑判決を下した裁判は不法。令状なき逮捕、暴力による自白の捏造、拷問による事実確認に真実性はなく証拠能力はない」。委員会は高裁に再審を勧告したが、司法はすぐには判断を示さない。待てども待てども康さんに連絡がない。高裁は審理に関する決定を毎日、インターネットでも公開するため、康さんは毎朝、確認。しかし勧告があれば通常二、三か月で受理される再審は放置された。春が過ぎ、夏が終わっても何の決定もなされなかった。秋が訪れた頃……。

一〇か月以上かかりました。「再審受理」が掲載されるまでに。異例の長さです。でも韓国の変化を感じましたね。真実和解委員会は国家機関、公的な組織ですから、その判断には重みがある。盧武鉉政権も委員会は「政治権力からの独立と真実の捏造や冤罪は許さない」と明言しています。

日本でも韓国でも再審というのは政権の正統性の象徴である司法が過ちを認める事を意味します。再審への道は困難に満ち、審理に至る壁は極めて高い。獄中で三、四回請求しましたが、「判決は正しく、一切過誤はない」と言い渡されてきました。受理されても不安でした。

一審開始は二〇一二年三月一二日に決まった。康さんはソウルに向かった。妻と子どもたちも一緒だった。ソウル高裁は漢江の南岸にある。康さんは空港から高速バス、地下鉄を乗り継ぎ高裁を目指した。地下鉄・教大駅の階段を駆け上ると、裁判所の威容が視界に飛び込んできた。法の支配を実現し、民主化を支える司法の殿堂は康さんを威圧する。巨大な壁の如く聳え立ち、鈍色の空を衝く。

韓流ブームで日本でもよく韓国の裁判所の映像を見ましたが、まさか自分が当事者として、ここに来るとは思いもしませんでした。かつて令状もないまま逮捕された。家族の面会も弁護士の接見も許されないまま自白を捏造された。裁判でも陳述すら許されなかった。果たして……と思う気持ちもありましたね。

法廷に入った途端、時代の変化が伝わってきた。一審は本人確認から始まり、判事に氏名、住所、職業などを聞かれたが、その口調はかつての有無を言わせぬ威圧を感じさせなかった。冒頭陳述に移った。三六年前は何を言っても即座に否定され、数秒で打ち切られた。拷問の恐怖で身がすくみ、抗っても無駄だと諦念した記憶が蘇った瞬間、裁判官が告げた「自身に不利となることは言わなくてもよい」。

判事は終始、好意的だった。検察側は一切発言せぬまま一審は終わった。

第二回公判は二か月後だった。康さんは検察がかつて主張した「北朝鮮労働党への協力や北の訪問」に反証した。北を訪れたとされた時期、康さんは北海道を旅行していた。事実を裏付ける為、高校の同級生や恩師は北海道各地の宿を訪ね歩き、宿泊台帳を確認した。日本の毎日新聞や朝日新聞、北海道放送や毎日放送なども康さんの主張を検証し、報じていた。康さんはこれらの記録や記事や放送テープをアリバイとして提出した。

この時期、真実和解委員会が勧告した再審裁判はほぼ二回の審理で判決が出され、無罪が相次いでいた。康さんは仄かな希望を抱いた。だが、検察は黙ってはいなかった。

検察は康さんが監獄で知り合った元収監者を証人申請。八二年の釜山米国文化センター放火事件の首謀者、金鉉奨氏。金氏は二か月後の第三回公判に出廷。康さんの目の前で「康宗憲は北のスパイ」だと激しく非難。さらに「康は悪辣なアカであり、朝鮮労働党の一味であり、北と癒着していたと自らに明かした」と証言。批判は法廷の外でも続く。韓国メディアや日本の在日韓国人組織、民団に公開書簡を送付した。この証人尋問によってそれまで好意的だった法廷の空気は一変する。韓国、そして在日社会も康さんを誹謗し、家族も中傷にさらされるようになる。

再審は精神的にも肉体的にも負担になるため、康さんの妻は公判の度に同行していた。自身も、両親も親族も民団に所属していたが、その民団が康さんの再審に疑義を表明、容共どころか従北だと非難。そして康さんを貶める「証言」を繰り返す金氏を日本に招請し、東京、名古屋、大阪で「反共講演会」を主催した。当時日本ではメディアや言論界で活動する在日も少なくなかったが支援はなかった。韓国メディアも康さんを糾弾した。

直接嫌がらせはないが、妻は身内からも厳しい視線にさらされている。判決が全てであり、無罪が出ればみんな分かってくれるが、真実を知らない人々は私がスパイと信じてしまう。妻の負担は言いようもないほど重く、辛い。ソウルに向かう時はさらに厳しい。

私は何ら名誉回復されていない元死刑囚です。いつ連行されるか解らない。本当に緊張します。不安と焦りは一時も消えません。だから妻が同行し、私に何かあったら日本に連絡することにしていました。

金氏の批判はエスカレートする。その理由が後述する康さんの総選挙への出馬だった。「康のような人間が韓国国会の議員になることは決して許されない。私が反共の防波堤になり、韓国を北の手先から守る」と主張し、民団も呼応した。孤軍奮闘の康さんを支えたのはNPO法人「三千里鐵道」だけだった。「社会的な死」を突き付ける二つの祖国。康さんの苦悩は深まる。だが、屈するわけにはいかなかった。

苦しいですよ。再審は多くても三回で終わるのに終わらず、一年以上続く。朝鮮日報など韓国の主要新聞から徹底的に批判される。どれほど大きな話題になったか、驚くほどでした。

でも、もし、私が負ければ、無罪を勝ち取ることができなければ、スパイとされた在日の再審は終わってしまう。盧武鉉政権の過去の清算を中止した李明博政権の任期は二〇一三年で終わる。レームダック化した保守政権にとって国家の罪を認める再審など不都合な厄介ごとに他ならない。

だからこそ、真実の究明と冤罪を晴らす再審は私の責任であり、使命です。金氏の攻撃も反証は容易です。

行動する良心

康さんには座右の銘がある。金大中が、その生き様を通して体現しようとした「行動する良心」。自分ではどうしようもない民族という属性、ユダヤ人であることだけで弾圧され、祖国を追われた政治哲学者ハンナ・アーレントも「人間の条件は始めることである」と語った。思弁に留まらず、実際に動くこと、始めること。康さんは獄中生活の中で、名誉回復を求める途上で、行動こそ、自らの使命とした。

再審の最中、康さんは韓国政府に直接働きかける道を模索。そして民主化後、在日で初めてとなる第一九回韓国総選挙への出馬を目指した。

だが、待ち受けていたのは茨の道だった。平和統一を求め、北との対話を優先する康さんのマニフェストは韓国、そして在日社会から「従北」、「北の使い」だと激しい反発を招来。康さんや家族は途切れることのない攻撃にさらされ、生活が危ぶまれた。一体なぜ、康さんは試練を承知で出馬に挑んだのか、そして何故、躓いたのか。

二〇一二年、韓国政府は大統領選と総選挙における在外投票解禁に踏み切る。韓国の海外生活者は七〇〇万を超える。解禁は政治に民意がより広く反映されると歓迎された。

だが手続きは煩雑だった。事前登録には本人が旅券を持参し、直接領事館などに出向く必要がある。だが、在日のお年寄りの多くがパスポートを持っていなかった。そのパスポートの発給も領事館が差配し、韓国政府に反抗的、批判的と見なされると交付されなかった。郵便投票もできなかった。この年の日本での事前登録率は四％台に留まり、康さんは「事前登録に旅券提示などを義務づける公職選挙法は違憲」として、ソウル行政法院に提訴した。康さんは仮釈放後、幾度も旅券発給申請をしたが、五年近く放置された。結局、法改正はなされなかったものの、康さんは総選挙に在日の出馬を目指した。

知人と政治参加を呼び掛けるグループ「投票21」を立ち上げ、日本各地で在日の政治参加を呼び掛けるシンポジウムを開催した。

最初、全く盛り上がらない。投票に期待がない。政治に参加することは投票だけではありません。実際に立候補することもできた。私が出馬するつもりはありませんでしたが、在日が立ち上がる。そして、在日の思いを韓国社会に伝える。韓国の民主主義の進歩を目指す。そのために韓国の政党と話し合いを重ねました。

康さんはソウルの国会議員会館で与野党はじめ、新党を訪問。求めたのは唯一、立候補可能な比例代表での在日枠。各党とも好意的だったが、その後、何ら対応はなかった。そんななか、できたばかりの「統合進歩党」の代表が一時間以上、話を聞いてくれた。代表は弁護士、その夫が康さんの再審を担当した弁護士だったことも追い風になり、康さんは「一名の在日韓国人枠を公認します」と返答を受ける。勢いづいた「投票21」は候補者を探したが、語学の壁があった。丁々発止の論戦ができる語学力のある候補は殆どおらず、康さんに白羽の矢が立った。

当選は考えもしませんが、在日韓国人の立候補に意義を感じました。掲げたマニフェストは「在外同胞庁」の設立。目的は主に三つ。在外での民族の言葉、歴史、文化を伝える教育支援です。日本では国外で暮らす子どもは日本人学校に通えるし、日本人教師も派遣されている。でも韓国にこの制度はありません。日本での民族学校も公的支援の枠外です。同胞庁は日本政府にも働きかけて欲しいし、差別や嫌がらせに対応するように交渉をする。次に福祉制度の充実です。在日の年金や福祉は韓国政府の管轄外です。日本では無年金問題がありますが、在日の高齢者の多くが当事者です。最後に在外の若者の祖国訪問支援です。

康さんを公認した統合進歩党は最大野党・民主統合党と選挙協力で合意する。党内で比例代表候補を決める選挙を行い、二〇人が候補に選ばれ、康さんは順位一八番目での出馬となった。この統合進歩党は民主化後に発足した左派の国民勝利21の系譜を受け継ぐ「民主労働党」、民主党系の盧武鉉政権与党「開かれたウリ党」などの三党が合同して結成された。国会議員は総議席数二九九の国会で七人と少数野党だった。康さんの出馬は殆ど注目されなかった。韓国メディアも民団も泡沫候補であり、落選確実と、無視した。総選挙は四月に行われ、保守系与党・セヌリ党と民主党系の民主統合党が議席の大半を占める中、統合進歩党は一三議席で康さんは落選した。

ところが同党で内紛が起きた。候補者選定過程で不正があったとして暴力事件が起き、司法当局の捜査を受ける。出馬辞退が相次ぎ、結果、康さんに繰り上げ当選の可能性が生じた。その途端、康さんは集中攻撃される。韓国のメディアは康さんの出馬を非難。特に三大紙の一つ、東亜日報は執拗に攻撃した。朝鮮独立運動直後に設立された東亜日報はベルリン五輪でマラソン金メダルに輝いた孫基禎のユニフォームの日の丸を消した。論説委員が執筆したコラム要約を紹介する。

東亜日報オピニオン

「北朝鮮に帰ってお前の役割をしろ」(二〇一二年六月二〇日)

二〇一〇年に真実和解委員会は、七五年に有罪判決を受けた「在日同胞留学生スパイ団事件」が捏造されたという結論を下した。死刑宣告を受けた康宗憲氏は、再審を請求。康氏は、総選挙で統合進歩党の候補になった。再審公判には、刑務所で康氏と親しかった死刑囚が証人として出廷した。死刑囚は康氏に「北朝鮮に帰って、お前の役割をしろ」と言った。死刑囚は、東亜日報の取材に対し「康氏は北朝鮮労働党指導委員であり、学生時代に北朝鮮で養成教育を受けた事実を本人から直接聞いた。一審では、法廷を宣伝の場に活用しようと事実を認めたが、二審では戦略を変えて拷問による嘘の証言だったと主張したという康氏の獄中告白も伝えた。真実和解委員会は、独裁政権に抵抗して被害を受けた人々の名誉回復と補償のために設置された。しかし従北勢力に免罪符を与え、国民の血税で補償金を与えるケースが少なくない。裁判所が「国家変乱を目的とした反国家団体」と規定した関係者を民主化有功者と認定し、「赤」を取り払った。「民主闘士」に変貌した彼らの多くが、再審を申請し、「過去の洗濯」を図っている。統進党議員の半数近くが従北疑惑を受けている。国家保安法違反事件の中には、捏造もあったが、本当のスパイも多かった。

唯一、反論したのは後に韓国総領事になる呉泰奎のハンギョレ新聞だけだった。在日からの批判はさらに厳しかった。民団は「民団新聞」で康さんの立候補を「金日成主義者が国会に？」との見出しを掲げた。

民団新聞

「許せぬ　怒り広がる」（二〇一二年五月二三日）

第一九代国会議員選挙で一三議席（比例代表六）を獲得した統合進歩党の内紛で、成り行きによっては康宗憲氏（61）が繰り上げ当選する可能性が出てきた。康氏は、民団を誹謗中傷し、在外国民が初めての国政選挙投票を終えた後、「民団などが与党に集票すべく不正選挙を組織した」とのデマを公然と流した。民団は本人と統合進歩党に公式謝罪を要求した。康氏は盧泰愚政権により仮釈放されて日本に戻った。その後、韓国大法院から利敵団体と規定された「祖国統一汎民族連合」海外本部の事務局次長になった。「統一」の美名のもとに、在日同胞の愛国心を悪用してきた。康氏を公認した統合進歩党は、最左翼政党である。康氏の心根や来歴には北韓の現役工作員と目されるのに十分なものがある。主体思想を信奉し、韓国を米国の植民地と規定、民族解放・反米闘争を掲げてきた。

康さんの親戚は動揺し、「親族からアカがでるのは許せない」「耐え難い恥であり、世間に顔向けできない」「親類の縁を切りたい」との声もでた。康さんの奥さんが防波堤となったが、再審無罪が出ていない以上、疑惑と否定を打ち消すことは難しかった。

最後の審判

この総選挙と康さんの再審は時の政権にとって「不都合」だった。二〇一二年、康さんら在日留学生を弾圧した朴正熙の娘、朴槿恵が大統領選で当選する。この年の冬、再審再開が決まった。公判は七回目、異例の長期裁判の中、検察側は担当をより高位の職階の公安専門検事に変えた。ソウルが一気に冷え込む一一月一二日に最終陳述が決まった。どのような判決が出ても検察が最高裁に控訴するのは明らかだったものの、大きな節目となる。

妻が傍聴する法廷で康さんは裁判長と両隣の陪審判事に向かい、最終陳述を行った。最後の審判。康さんが渾身の思いを込めて書き上げた陳述書の一部を紹介する。

最初の裁判から、いつの間にか三六年の歳月が過ぎ去りました。大日本帝国が植民地統治した期間と同じ歳月だと思うと、深い感慨を覚えざるを得ません。収監中にも何度か再審申請しましが、次々と却下されました。その私が再審を決心したのは、今度こそ真実が明らかになり、捏造されたスパイ事件の悔しさを晴らすことができるとの期待と希望を抱いたからです。ただ一つの願いは、真実を明らかにすること、私の人間としての尊厳を取り戻すことでした。ところが再審を通じて体験しているのは相変わらずのスパイ捏造であり、人権蹂躙です。「北で秘密教育を受け、南に派遣されたスパイ、出所後も北の指令を受けて政界に進出しようとする破廉恥な輩」だと告発した人間の言葉は、検証されぬまま、主要日刊紙と放送メディアを通じ流布されました。

法廷でも金氏は、私を大物スパイと罵倒しました。暴言に対して、私への名誉毀損であり、人権侵害であると制止しようとする人はいませんでした。

私を今も北の指令を受ける工作員であると歪曲すれば、私は「万古不変の金日成主義者」となるし、彼が私から聞いた「告白」は事実として脚色されるのです。

現在と過去を巧妙に混合して私を工作員だと告発する金氏の単純なトリックを、誰も見抜けず、再審を通じて人間としての尊厳を取り戻そうとする私の思いは、またも挫折してしまうのか、悪夢が蘇るようでした。捏造されたスパイ事件の再審で、新たな捏造によって、真実が歪曲されかねない立場に置かれ、暗澹たる思いにならざるを得ませんでした。少なからぬ費用を負担しながら、公判の度に日本から駆けつけてくれる政治犯の仲間たちと、人権団体や統一運動関係者の数人を除けば、いわゆる進歩的なメディアすらも徹底して私に背を向けました。唯一、代弁してくれたのは、ハンギョレ新聞の東京特派員だけでした。

金氏の公開書信を契機に、私に対するアカ狩りは執拗に展開されました。時同じくして発生した統合進歩党の内紛と結びつけ、私を告発した彼の主張がそのまま受け入れられたのです。その余波は日本にまで波及し、民団は私を対南工作員と断罪することで、在日社会から葬り去ろうとする企図を隠そうとしませんでした。

私は三六年前にも同じ体験をしています。わが国の民主主義と人権の時計が、停止していたとでも言うのでしょうか。決してそうではないはずです。だからこそ、たくさん再審が開始され、無罪判決が出ているのではありませんか。


七〇年になろうとする分断の歳月は、南北相互の不信と敵対という根深い憎悪を残しました。今も深刻なトラウマから、癒されていないのが私たちの現状です。

事実であろうとなかろうと、ある人間を北のスパイと告発すれば、申告した人は保護され、賞賛と報奨すら得ることができます。一方、告発された当事者は、無実だといくら声を上げても、身の潔白の証明は容易ではなく、悔しがるしかないのです。

政治的裁判に変貌したこの再審を通じ、韓国の悲しい現実に、敢えて正面から立ち向かおうと思います。不法拘禁と過酷な拷問による虚偽の自白で、無実の人間が重刑を受けるようなことが二度とあってはならないからです。本人は言うまでもなく、家族が受けた苦痛とはらった犠牲はどれほど甚大だったでしょうか。言葉ではとうてい表現できません。それゆえに、国家による過去の過ちは、必ず正されなければならないのです。


母国でスパイとされた在日政治犯は、この国でどのように生きてゆけというのでしょうか。すべてを放棄し、頭を垂れて、無言のうちにこの地を去らねばならないのでしょうか。そんなことはできない。ここが私の祖国であり、私は大韓民国の厳然たる在外国民の一人です。金氏の「忠告」を聞いていると、わが民族を植民地支配した宗主国で生まれ育った私が、嫌というほど体験した蔑視、排斥と余りにも似通っているので、ほろ苦い気持ちを禁じえません。「日本に不満があるなら朝鮮に帰れ」という、日本の極右勢力が投げつける言辞が思い起こされてなりません。

振り返ってみれば総選挙に立候補し、繰り上げ当選の可能性が出てきたことで再審の性格が一変しました。決して立候補を後悔していません。在日の処遇改善のために、誰かが立たねばならなかったからです。四年後の総選挙には、私より何倍も優れた人材が、在日を代表し立候補するでしょう。在日は悲しくありません。理由は今や民主主義と人権の伸張、民族の平和統一に対する熱望を祖国の同胞とともに分かち合い、国政に直接参与する時代になったからです。そして何より捏造された在日同胞スパイ事件に対し、再審の道が開かれ、真相が明らかになり、次々と名誉と尊厳が回復されているからです。誰が何と言おうと、私はこの地を去りません。ここは私の祖国です。私は、愛する祖国への信頼を、決して捨てることはないでしょう。

二〇一二年一一月一二日　康宗憲《カンジョンホン》　拝

この時期、日本も岐路を迎えていた。

二〇一二年一二月、『美しい国へ』を上梓した安倍晋三氏が第九六代総理大臣に選出された。安倍政権は、「戦後レジームからの脱却」、「日本国憲法の改正」を唱道。歴史認識問題でも戦前日本の侵略性を問うてきた河野談話、村山談話の見直しを打ち出し、自身の考えに同調する党員を閣僚や側近に起用する。

韓国は反発し、中国も安倍政権の「歴史認識」を批判するなか、安倍と憲法観を共有する地方自治体首長による慰安婦「容認」発言も加わり、在日の二つの祖国は対立を深める。アメリカの核の傘の下にある日韓の関係悪化は日米関係にも亀裂をもたらした。

米政府は、安倍内閣の歴史修正主義的な姿勢が韓国から反発を招き、中国との緊張を高め、東アジアの安定を損ねていることへの「強い懸念」を表明。「同盟国同士の離反は中国に資するため、看過できない」と安倍・朴槿恵の歩みより会談を促す。結果、オバマ大統領はオランダのハーグで米日韓首脳会談を実現させる。後にオバマ米大統領は韓国を訪問、従軍慰安婦問題に言及し「戦時中とはいえ、甚だしい人権侵害」と非難し、暗に日本が解決に踏み出すことを求めた。

このアメリカの外交戦略を受け、安倍は軌道修正。参議院予算委員会で「河野談話を見直すことはしない、歴史に対して我々は謙虚でなければならない」と明言。「慰安婦問題については，筆舌に尽くしがたいつらい思いをされた方々のことを思い，非常に心が痛む」とコメントした。

無罪

二〇一三年一月二三日、判決の日を迎えた。妻と三人の子どもも傍聴席で康さんを見守った。開廷してすぐに判事が主文を後回しとし、判決理由を述べた。

韓国憲法に則り、法の原則を順守し、不当な拘束、不法な拷問によって得られた証拠に信憑性を認める事はできない。有罪と認定できる証拠はなく、無罪である。

歓喜の声が傍聴席に響いた。子どもたちも興奮を隠せなかった。だが、康さんは言葉が出てこなかった。感情が動かない。喜びも、怒りも、悔しさも、高揚もない。告げられた言葉が自分に向けたものと思えない。退室し、支援者に囲まれても、「無罪」はどこか他人事のように思える。妻も判決までの日々に疲れ切り、夫婦で喜びを交わす気力もなかった。

心が動いたのは半日後だった。ホテルの一室で独りになり、コーヒーを淹れ、窓からソウルの街並みを見た。その瞬間、初めて、全ての制約から解き放たれるような感覚が足下から頭の先まで奔流した。風景が目の前で変わってゆく。無機質な雑居ビルに、木枯らし吹きすさぶ路地に、急ぎ足で行き交う雑踏に人間の息吹を感じ、愛おしさが込み上げる。ありふれた、平凡なソウルの一日が、かけがえのない瞬間が絶えることなく流れる大河に思えた。

だが、闘いは終わらない。検察は最高裁に控訴。そして公判は康さんが幾度要請しても開始されなかった。二〇一四年冬、韓国憲法裁判所は康さんが所属した統合進歩党を「親北であり、民主的基本秩序に反する」として強制解散を決定する。あからさまな「康つぶし」。康さんはこのままでは再審は放置されると焦慮を募らせる。康さんは起死回生をかけ、年老いた母の再審請求嘆願書を代筆し、最高裁判所に提出する。

二週間後、韓国司法部は最高裁での再審を決定。高裁での最初の審理から二年七か月。異例の長さだった。

二〇一五年夏、ソウルは猛暑だった。渡韓した康さんと妻は地下鉄を乗り継ぎ、高裁の傍にある最高裁に向かった。権力を象徴する見上げんばかりの高層ビル。その二階にある韓国大法院第二部法廷に三人の裁判官が待っていた。主審は保守で知られる判事。康さんは嫌な予感がした。

八月一三日午前一〇時二〇分、「最後の審判」が始まった。判事は淡々と事件番号と被告、康さんの姓名を確認する。康さんは緊張で全身が強張る。爪が食い込むほど拳を握りしめ担当大法官の一言を待った。

「検事の上告を棄却する」

一瞬で再審は終わった。たった一声のみだった。判決理由もないまま裁判官は席をたった。康さんは六四歳になっていた。留学してから四四年、出獄してから二七年が過ぎていた。康さんは後に公開された判決文を一文字、一文字、噛みしめ、反芻し、咀嚼した。

原審（高裁）は被告と獄中の知己、金氏の法廷証言を、信憑性のある状態でなされたものと見なすことができない。そのため証拠能力を認定しないと判断した。他の証拠も、捜査権限のない陸軍保安司令部捜査官により、長期間の不法拘禁と拷問、暴行、脅迫などで取得したものであるか、その影響による心理的圧迫感や精神的強圧状態が持続された検察の取り調べや第一審法廷で取得したものであるから、証拠能力がないか、有罪と認めるだけの証明力を認定できないと判断した。

原審のこうした判断は正当であり、上告理由で主張するような論理と経験の法則に関する違反は見られず、自由心証主義の範囲を逸脱し、伝聞証言の証拠能力に関する法理を誤解したと見なすだけの違法も存在しない。よって、本件に関与した大法官の一致した意見で、検察の上告を棄却する。

無罪判決は国家に「罪の代償」を求める道をひらいた。刑事補償と国家賠償。この二つを求める審理が可能になった。だが、「罪の補償」は十分とは言えないものだった。

刑事補償では康さんが奪われた一三年の歳月を、無罪判決時点での最低賃金に照らし合わせて慰藉金を算出。医学部卒業を二年後に控えた時に逮捕された康さんは、もし医師になっていれば相応の収入を得ていたと考えられる。だが、高卒扱いとされ、本来得られたであろう収入は一切考慮されなかった。国家賠償では妻や子どもにも賠償金が支払われたことに喜びはあったものの、総額はもし医師になっていた場合、三〜四年も働けば得られる金額以下だった。それでも康さんは価値があると言う。

判決は呆気ないものでした。一分もかかりません。でも、その一言だけで充分でした。この一言を聞くために、二年半以上も待ったのです。在日韓国人スパイ事件の再審上告審で、これまでの最長記録は一年八か月。なぜこれほど引き延ばしたのか解りません。死刑確定囚としては、初めての上告審だったからかも知れません。その間に主任判事が三人も交代しましたが、最高裁で私に判決を下したのは最高裁判事一三人の中でも特に保守傾向の強い判事でした。反動的な差し戻し判決が続いていることもあり、前日に会った弁護士は「最悪の事態も覚悟して下さい」と深刻な面持ちで話し、私の緊張は高まる一方でした。

しかし、無罪を予想していました。高裁判決を覆す新たな証拠も提出されていないし、紆余曲折はあっても、韓国民主化の成果である「過去の真相究明」を、決して後退させる事はできないと確信しているからです。判決文を読んで、その思いはさらに強まりました。

ソウル高裁の裁判は、一年近くに及ぶ困難な法廷闘争でした。私を何としてでも朝鮮労働党の工作員になった者に仕立てようとした極右勢力と検察が、獄中で隣室にいた国内政治犯に証言までさせたからです。状況は困難を極め、連中のあまりの執拗さに挫けそうにもなりましたが、克服することができました。韓国司法部の「良心」が、私に無罪を宣告した。最高裁もその判断を受け入れるしかなかったのです。

裁判所は最後の人権の砦です。裁判所が捏造を認め、拷問を違法とした。国家が私の名誉を回復した判決を出した。これで良しとします。

判決が全てです。かつて私を弾圧した司法ですが、法を信じなければ民主化は始まらない。二〇代で死刑判決を受ける、そのトラウマ、精神の傷は決して消える事はない。長く、明日の見えない日々でしたが、私は人間としての尊厳を取り戻せた。人間を回復した。自分の信念が間違っていなかったと認められたことを良しとしたい。韓国の、日本の若い世代に知ってほしい。努力しても、成果が出ないかもしれない。でも歎く必要はない。訴えは蓄積され、きっと実を結ぶ。私の無罪も、人々が世代を継いで積み重ねた民主化の結晶だったということを知ってほしい。

康さんの無罪を我がことの如く喜んだのが救援活動に身を投じた高校の同級生、そして闘病中の福田先生だった。康さんは療養所に向かい、先生を見舞った。五九歳の時にパーキンソン病と診断され、療養生活は二五年の長きに渡っていた。先生は衰弱し、病床から身を起こすことができず、意識も混濁していた。康さんの呼びかけにも殆ど反応を示さなかった。別れ際、康さんは「先生、再審で無罪が確定しました!」と報告した。その瞬間、先生の眼にうっすらと涙が浮かんだ。そして、微かに頷いた。

この出会いが最後の別れだった。八六歳で師父、福田先生は逝った。康さんは天王寺高校の同級生らが編集した追悼文集に生涯の恩師への追慕を寄せた。

……釈放され日本に戻った翌日、先生に電話で挨拶をしました。すっかり涙もろくなった先生は「良かったね、苦労したね……」とおっしゃり、後は言葉になりませんでした。日本での新たな生活に慣れはじめた頃、先生が参加していた勉強会で朝鮮半島情勢の講演をしたことがありました。恩師を前にし、何時になく緊張しました。でも終わってからの交流会で先生が「私の教え子です」と照れくさそうに話されるのを聞きながら、生きて帰れた実感と師弟の縁に心温まるひとときを過ごしました。思い返せば、私は先生に心配ばかりかけた不肖の弟子でした。帰国後も一向に生活が安定しない私を案じて、しばしば激励とカンパを頂きました。受けた御恩ははかり知れず、報恩の如何に微少だったかを痛感しています。先生から歴史を学んだ朝鮮人として、私はこれからも歴史に生き、歴史を創る民衆の一人でありたいと思います。福田勉先生、どうか安らかにお眠りください。

「恩師を偲んで」大阪府立天王寺高校旧二年二組、三年二組　康宗憲

『ともに生きる　歴史のリレーランナーとして　福田勉先生　追悼・遺稿集』所収

再会

「再会」（作詞・作曲　許慶子）

希望求めて　旅立ったおまえ
見送る私に　笑顔で手を振り
あの顔を　もう一度　私は見たい
あの腕を　もう一度　握りしめたい
聞こえる　聞こえる　おまえの呼ぶ声が

祖国の空は　美しいと
一つの絵はがき　私に残して
あの空のどこで　おまえは苦しみ
あの空のどこで　叫び続ける
聞こえる　聞こえる　おまえの呼ぶ声が

百人近くが集まったホールに哀切な調べが響く。

二〇一五年一一月二二日、大阪市浪速区の地下鉄大国町駅そばの集会場に無罪判決を受けた人々と支援者、そして日韓の弁護士が参集した。スパイの家族と罵倒され、孤立した人々を励ました救援の歌「再会」。杖にすがり、車いすから身を乗り出し、焼けただれた唇が再会への祈りを紡ぐ。

四〇年の歳月はモノフォニーをホモフォニーに変え、ポリフォニーに昇華した。

拷問の傷は癒えず、弾圧された痛みは疼き続ける。天に召された人、心を病み、外出できない人、身体の健康を奪われた人々の無念が会場に満ちる。震える肩を抱き合い、視線を交わす。死線を超えた喜びに天を仰ぐ。思いが溢れる。滂沱の涙が歌を嗚咽に変えてゆく。スクリーンに康さんの同級生の遺作『写真集・良心囚のオモニたち』が映し出されるなか、「11・22市民集会」の主催者、李哲さんが挨拶に立った。

私たち在日韓国良心囚同友会は、今日、皆さんにお会いできることを心より嬉しく思います。皆さんのご支援なしに、今日の再会は実現できませんでした。四〇年が経ちました。苦難に満ちたあの当時、一体、誰がここに集い、再審無罪を祝うことを望めたでしょうか。学園浸透スパイ団事件とも呼ばれる冤罪事件。KCIAが在日留学生一二人と韓国の大学生九人の二一人をスパイ容疑で逮捕。一二月には康さんら一七人を逮捕しました。後に公表された公安機関の『対共三〇年史』によると、七〇〜八九年のスパイ事件九六六件のうち、在日など日本が関係するのは三一九件にも及びました。私たちは韓国の民主化を推し進めた弁護士の先生方と共に再審運動を戦ってきました。今日までに二七人が無罪になったのです。その中には私や康さんのように元死刑囚も三人いるのです。在日二世として生まれ、民族への誇りも持てなかった私たちにとって祖国への留学は自己の出自を求め、民族意識を、「自分自身」を確立するための道でした。それ故、言語や歴史だけを学ぶのではなく、韓国の政治状況、社会問題を未熟ながらも、必死に思考することが必要でした。そして怒濤の七〇年代の渦中で閉塞した韓国社会を懸命に良くしようと努力する同世代の若者を話し合いたいと願う思いは切実でした。

犠牲者は私たちだけではないのです。まだ一〇〇人近い方々は再審できないままです。投獄されなかったものの、拷問で精神に不調をきたした人、二度と韓国と関わりを持ちたくないと沈黙した人、祖国の地を踏むことなく亡くなった人もいます。拷問を受け、友人の名前を口に出さざるを得ず、背信の念に囚われ、苦しみ続ける人も大勢います。そして日本との関連を口実に監獄に送られた韓国の被害者は在日政治犯の数倍です。

私たちは韓国政府に済州島四・三事件や光州事件のように全被害者を救済する特別法の制定、日本政府に在留資格の回復、つまり永住特別許可を求めたい。

私たちの変わらぬ夢は祖国の民主化と人権が守られることです。そして西大門刑務所跡地に、小さくていい、石碑を立て次のように刻むことです。

「暗黒の時代に罪のない多くの在日たちが、独裁と分断の重みを両肩に担い、民族の痛みを分かち合った。二度と、あのような時代に戻ることのないようにこの石碑を建てる」

この日までに再審が認められたのは二七人。国家の罪に挑む隘路を開拓したのが韓国の弁護士だった。当時、日本では東日本大震災と原発事故が起きたため、殆ど報道されることは無かったが、幾度も来日し、再審を呼びかけた。韓国の国家人権委員会の事務総長を務めた曺永鮮《チョウヨンソン》弁護士も再審裁判の現状を報告した。

在日同胞スパイ事件の真実や被害者の苦痛は殆ど忘れられてきた。真実和解委員会が真相究明決定を出したことで再審裁判が開かれ、無罪も宣告されるようになった。それでもＫＣＩＡや軍による捏造を韓国世論が注目するには至っていない。

被害者が祖国に裏切られた悲哀と、司法や政治権力に対する疑念と恐怖を持ち続け、再審しようとしないためだ。真実和解員会は二〇一〇年末に活動を停止し、裁判は長期化し、その手続きで当事者は再び苦痛を受ける。国家保安法は今も続く。国家保安法がある限り、「国家が棄てた人々」の問題は過ぎ去った過去ではなく、極めて今日的な課題だ。過去事件の清算は主に七つ。①真相究明、②被害者救済と補償と名誉回復、③加害者の処罰、④加害者の反省と被害者の容赦、および和解、⑤国家の措置、⑥歴史の記述、⑦記念事業などだ。

スパイ捏造事件は国家保安法が撤廃されてはじめて正義が回復される。数十年間、怒りと苦痛の中で息を潜めて耐えてきた在日政治犯の再審無罪が少しずつ出始めている。在日同胞は日本による植民地統治、南北分断、軍事独裁の三重の犠牲者にも関わらず、韓国人は彼らが韓国に留学した理由を知らぬまま「反共」の眼鏡で眺めた。歴史の被害者という事実も、苛酷な弾圧や冤罪により人権侵害を受けた真実もスパイの烙印の前に敬遠され、疎外された。見知らぬ祖国で彼らは孤立無援の闘いを強いられた。にも関わらず、一〇〇人余りに達する被害者の一括救済は遥か遠いのが実情であり、国家は未だ、一言も謝罪していない。反省も示していない。

赦しと和解

韓国政府からの謝罪は遠く、救済されないまま取り残された人々は少なくない。それでも流謫の身だった康さんらにとって決して忘れられない日になった。幾つもの待ち焦がれた再会が叶った。日本と韓国社会の片隅で救援活動を続けた人々、当事者家族を陰に、日向に支えた人、僅かな蓄えを差し出した人々……。康さんらはただ、ひたすら、頭を下げ、両手で肩を抱き、感謝を述べた。

この二〇一五年は日韓国交正常化五〇周年でもあった。式典の後、反発する両政府間で一定の歩みよりがなされる。慰安婦問題をめぐり、日韓両政府が「最終的かつ不可逆的」な解決で合意した。この日韓合意は主に三つの柱からなる。

「日本政府が日本軍の関与を認め責任を痛感し、おわびと反省の気持ちを表明」、「韓国政府が元慰安婦支援のための財団を設立」、「日本政府が財団に一〇億円拠出」。一二月、日韓外相が共同発表し、安倍総理は朴槿恵大統領に電話で、「慰安婦に対する謝罪と反省の気持ち」を伝えた。合意を後押ししたオバマ米政権も歓迎した。この合意は後に漂流し、さらなる対立を招くが、在日が希求する日韓関係の改善に一定の期待を抱かせた。

だがこの後、朴槿恵政権は崩壊への一途を辿る。朴槿恵は旅客船フェリー・セウォル号が珍島沖海上で沈没し三〇〇人以上の犠牲者を出した事故の対応を誤った。高まる批判に油を注いだのが大統領在任中の友人、崔順実《チェスンシル》氏との共謀だった。

最大財閥・サムスングループから巨額の賄賂を受け取り、国家情報院から秘密資金の提供を受けるなどの職権乱用容疑は「ろうそく革命」を引き起こす。

蝋燭は権力に抵抗する民衆の意思とされている。韓国史上最大規模となる延べ一六〇〇万人の蝋燭デモは駐韓米軍への抗議を起源とする。二〇〇二年、米軍車両によって轢き殺された女子中学生を追悼し、米軍に抗うため、人々は蝋燭を手にデモを敢行。暴力に訴えず、平和に主張する手段こそが蝋燭だった。ほのかな灯に「暗闇を照らし、夜明けの光を待つ」、「一つ一つの明かりは小さいけど、幾つも集まれば、世の中を照らす大きな光になる」と願いを込めた。

このろうそく革命の結果、朴槿恵は国会の弾劾決議を受け一七年に罷免される。

保守政権を見限った韓国市民が選んだのが盧武鉉の右腕であり、人権弁護士として民主化運動を牽引した文在寅だった。一七年、文在寅は大統領に就任。前政権が停止した過去の清算を再開。真実和解委員会も復活させる。「過去を清算する最後の機会」と訴え、日本でも大使館や領事館が真実究明事件の受け付けを再開し、一〇年末に締め切られた再審請求も可能になった。

この第二期「真実和解委員会」について、第一期で扱いが少なかった人権侵害事件に対する真実究明を推進するため、非公開の聴聞会制度が補完された。文にとって「清算し、克服すべき最たる負の過去」、それこそが分断だった。

前政権の対北政策を転換し、統一に向けた対話政策を推進。米朝会談や南北首脳会談を実現させた。一方で日本軍慰安婦被害者問題タスクフォースを立ち上げ、委員長に後の駐大阪大韓民国総領事、呉泰奎《オテギュ》を任命。朴槿恵政権と安倍政権による慰安婦問題の日韓合意を破棄した。結果、徴用工問題も再燃し、日韓関係は戦後最悪と言われるほど悪化してゆく。「朴槿恵の否定」の民意を受けた文にとって、日韓合意の破棄を回避する政治的余地は乏しかった。

文は韓国の負の過去の現場で演説を行った。日本では殆ど報道されなかったが、自国の罪に向き合い、分断され、憎みあい、殺し合った民族の傷を癒そうとしたスピーチは世界で大きな話題になった。一九四八年、分断をめぐり島全体が内戦に陥った済州島四・三事件。文が大統領に就任した直後に遺族に送った悼辞の一部を紹介したい。

石垣ひとつ、散った椿一輪にも慟哭の歳月を重ねてきた済州で「春はくるのか?」と皆さんは七〇年間、問い続けてきました。渾身の力を尽くし、痛恨と苦痛、真実を知らしめてきた生存犠牲者とご遺族、済州島民に大統領として、心より慰労と感謝の言葉を贈ります。七〇年前、無辜の良民が「理念」という名のもとに犠牲を強いられました。泥棒がいなく、乞食もいなく、門も無いまま皆が幸せに生きることができた罪もない良民が、理由もわからないまま虐殺されたのです。

一九四八年一一月一七日、済州島に戒厳令が宣布され、「焦土化作戦」が展開されました。家族のうち、一人でも、その場にいなければ「逃避者の家族」という理由で殺されました。中山間の村の九五％以上が焼き討ちにあい、消滅しました。住民全員が虐殺された村もあります。一九四七年から五四年までに三万人が亡くなったと推定されています。

「理念」が引いた生と死の境界線は、虐殺の場だけにあったのではありません。家族を全員失っても「暴徒の家族」と非難されるのを避けるため息を殺して生きてゆかなければなりませんでした。苦痛は連座制によって次世代に受け継がれました。軍人になり、あるいは公務員になって国家のために働きたいと願う子どもたちの熱望を済州の父母たちは自らの手で放棄させなければなりませんでした。四・三は済州のあらゆる場所に苦痛をもたらしましたが、生き残るためには記憶を消さなければなりませんでした。

しかし、沈黙を強いられた歳月でも済州島民の心から真実は消え去りません。記憶そのものが禁忌とされ、語ること自体が不穏視された時代に、四・三の苦痛を作品に刻み込み私たちを忘却の闇から覚醒させた方々もいました。

維新独裁の頂点であった一九七八年に発表された小説家・玄基栄の「順尹おじさん」。金石範の「鴉の死」、「火山島」。長い歳月、四・三の痛みを記憶し、知らしめようとした人々がいたからこそ、四・三は目覚めました。最も葛藤が深かった四・三遺族会と済州警友会が無条件の和解を宣言しました。済州島民が差し伸べ始めた和解の手は、いま全国民のものにならなければなりません。

私は今日、この場で、国民の皆さんに訴えたいのです。未だに韓国には古い「理念」が作り出した憎悪と敵対の言葉が溢れています。いま私たちは痛ましい歴史を直視できるようにならなければなりません。不幸な歴史を直視することは、国家と国家の間でだけ必要なのではありません。私たち自らも、四・三を直視できるようにならなければないのです。人間の尊厳を咲かせられるように、共に努力していきましょう。それが今日、済州の山々が私たちに語りかけてくる物語なのです。

皆さん、「済州に春が来ています」

二〇一八年四月三日　大韓民国大統領　文在寅

癒しと祈り——慰安婦像を捉えなおす

痛みを伴う過去の清算。癒えることのない分断の傷。

再審無罪を得た康さんは二〇一七年、生と死が明滅した西大門刑務所跡を訪れた。忌まわしい記憶の地に置かれた、あるモニュメントを見るためだった。日韓対立の焦点となったのは慰安婦像。韓国の彫刻家、金運成《キムウンソン》、金曙炅《キムショギョン》夫婦がつくった。慰安婦像の本来の名称は「平和の少女像」。

制作した金夫婦は韓国政府の罪も問いかける。ベトナム戦争に参戦し、民間人虐殺を引き起こした負の過去を表象するモニュメントをベトナムに届け、軍事独裁による弾圧を彫刻で表現した。

康さんが目指したのは処刑台に続く小径に置かれた漆黒のブロンズ彫刻像。タイトルは「過去、今日《こんにち》に問う」。命が消える寸前の死刑囚が来た道を振り返る一瞬が切り取られ、固定されている。朴正熙政権時代で最悪の司法殺人と言われる七四年の人民革命党事件の追慕がモチーフだ。ＫＣＩＡによって無辜の市民二〇名が国家転覆を計画したとして検挙され、西大門刑務所で八人が処刑された。再審で無罪が確定したが、国家による殺人は今も遺族を苛み続けている。像は成人男性の等身大。手は縛られ、裸足のまま、立てない程の烈風にさらされ、髪も囚人服も乱れている。死が目前にせまり、一見、その佇まいは諦念を醸し出す。だが、貌には「信念」が宿る。無念を湛えた表情、分断の不条理を指弾する眼差し、民主化に殉ずる覚悟が刻まれた背中。康さんは夫婦が慰安婦像に込めた願いも知った。

西大門で見たモニュメント、言葉にできません。安易に言葉にできない切実さ、切迫感がひしひしと伝わってくる。処刑台のすぐ手前で、モニュメントが振り返り、私を眼差す。ヒリヒリするような無念、悔恨、憤りがせまってくる。

慰安婦像も、この像も、未来への伝言です。メッセージです。特定の誰かを攻撃するものでもなく、あらゆる人間が犯す可能性のある罪に気づき、未来の子どもが苦しむことが無いようにという決意です。

広島には原爆ドームや被爆し天に召された少女の像があります。世界一の核戦力を持つアメリカを率いたオバマ大統領も訪問しましたが、そのアメリカが、日本政府が少女像を撤去しようと言いますか。慰安婦像は政治利用され、制作者の意図から逸脱しています。

過去の克服は痛みを伴います。自虐史観ではなく、自省史観が過去を克服できる道筋だと考えます。過去の政治利用から距離を取り、未来への遺産として夫婦の作品を見て欲しいのです。

西大門刑務所の黙示録

北と南、朝鮮半島と日本、韓国と在日、民団と総連、そして民団と康さん……。分断の犠牲者が露と消えた西大門刑務所。

日本の植民地統治、韓国の軍事独裁を支える「国家の暴力装置」は人々を引き裂き、未来を奪い去った。康さん達、弾圧された在日にとって、二つの祖国から棄てられ、存在を否定された恥辱と汚辱の象徴、西大門刑務所。ここに北のスパイとされ、生存を許すことができないと宣告された記憶と記録を留めることは、いつしか康さん達の悲願になっていた。

二〇一六年初夏、康さんや李哲さんらはソウルで開催された「国連国際拷問被害者支援の日」式典に参加した。その後、刑務所の所在するソウル市西大門区の区庁舎に向かい、行政区のトップと面談した。西大門刑務所記念館で在日留学生弾圧事件についての展示、恒久的な記念碑の建立を要請。碑文は「過去、権威主義政権下でスパイの濡れ衣を着せられ、この刑務所に投獄された在日同胞母国留学生たちの苦痛と母国愛を記念し、記念碑を設置する」。

行政区トップの返答は康さん達が思いもよらぬものだった。

趣旨はよく理解できます。協力したいと思います。ただ、西大門独立公園自体はソウル市の管理下にあります。その上、刑務所歴史館は文化財に指定されていて文化財庁の管轄下にあります。敷地内に記念碑を建てることは区庁の権限だけでは難しい。しかし、歴史館内部で在日良心囚に関する展示スペースを提供することはできます。民主化運動に貢献された方々の足形などを展示している旧監房がいくつかあります。その一つを提供したいのですが、どうでしょうか。

康さんは一瞬、耳を疑った。自らが投獄され死と向き合った刑務所で、韓国でも、日本でも、在日にも知られていない「記憶」を伝える道がひらかれたことに喜びを感じた。展示開始は八月一四日。韓国全土で言祝がれる「独立民主の祝祭」前日に決まった。

帰国後、早速準備が始まる。投獄された人々や支援者が展示資料を持ち寄り、ソウルに発送。経済面での支援は殆ど得られない中、李哲さんは日韓を往還し、どのような展示にするか協議を重ねた。次々とハードルが現れた。恒久的な展示には維持費がかかる。だが、目途は立たず、元死刑囚自ら負担せざるを得なかった。間に合うのかと焦慮が募ったが、いつ中断に追い込まれるか解らない。やり遂げるしかなかった。こうして在日同胞良心囚展示室の開室セレモニーを迎えた。参加者はまばらだったが、李哲さんは静かに訴えた。

軍事独裁時期に少なからぬ在日が留学や事業で訪れた母国で国家保安法、反共法違反の容疑で有罪とされました。長い間、獄中生活を強いられた事実について一切掲示や説明がなかったことはとても残念でした。今日、このような展示ができ、在日同胞の苦難の記憶を知ってもらえる場ができたことは深い喜びです。もし可能ならば、ささやかな形でもいい。記念碑を建て歴史として後世に伝えたいと思います。

展示室が設けられたのは独立を求めた人々が収監された旧獄舎。二階建て、地下一階の各フロアに独房がずらっと並ぶ。康さんも死刑判決を受けた後、一週間ほど過ごした畳六畳ほどの部屋で、壁越しに運動場に面している。独房には独立運動に殉じた人々の記録が展示。康さんたちへの弾圧を伝える一室は獄舎の中央付近、監視塔のほぼ正面だった。第十一舎三号室。ここに展示されたのは北のスパイとされた人々の氏名一覧、家族や友人に綴った手紙、救援を呼びかけるパンフレット、出廷時の写真や、上告理由書。そして、康さんが作った曲『クナリオンダ（その日が来る）』の歌詞とCD。康さんは、渡韓の度にこの展示場を訪れた。家族や救援者と共に、時には独りで、必死で生き抜いた日々を思い返し、逍遥した。康さんは青春の墓標にさらなる願いを託す。

この刑務所は今、独立を記念する公園です。八月一四、一五日は韓国の人々が集いますが、普段は訪れる人は少なく、まして在日への弾圧を伝える展示に足を運ぶ人は殆どいません。それで構わない。独立も、民主化も、幾多の名も無き人々の犠牲で実現しました。数えきれない命が天に召された。

特定の個人や一部の組織だけがクローズアップされるべきではありません。控えめでいいし、スポットライトが当たらなくていい。この地が反共のプロパガンダ装置になってはなりません。

ここでは北の工作員も多く処刑された。思想、信条は違えども、分断の犠牲者です。統一への想いは切実です。この地が日本への抵抗、軍事独裁への抗いの記憶だけを留めるのではなく、統一の起点にもなってほしい。北への憎しみを煽るのではなく、分断を乗り越えてゆく。この願いを深める場になって欲しいのです。朝鮮戦争は終わらず、国家保安法があるなか、困難なのは十分理解しています。世界でも、かつての分断国家ドイツやベトナムでもそんな記念碑、施設はありませんでした。だからこそ、願いたいのです。分断の罪を問いたいのです。

支配と独立、隷属と抵抗、死と生、絶望と再起、過去と未来、そして恩讐と止揚。

西大門刑務所は分断克服の黙示録となった。

歴史は動く。康さんに「その日」が迫っていた。

大統領の握手

二〇一九年初夏、G20サミットが大阪で開催にされることになった。文在寅大統領の来阪も決まり、著名な在日韓国人が一堂に会する懇談会が予定された。

北のスパイとされ、弾圧された在日留学生に招待状は届かず、康さんも特段、関心を持たなかった。ところが、在日良心囚の会の代表、李哲さんが突然、参加を呼びかけれた。李哲さんは獄中の同志、康さんに一緒に行こうと声をかけたが、康さんは華やかな政治イベントが苦手の上、何の期待もなかった。会場はホテルニューオータニ大阪の宴会場。一歩、足を踏み入れると熱気が押し寄せる。鳴りやまぬ拍手に迎えられた文大統領が壇上でスピーチを初める。大統領は民主化闘争に身を置き、人権弁護士として軍事政権と対峙し、過去の清算を進めていることは知っている。西大門刑務所で一瞬すれ違ったこともある。身長一七〇㎝ほどのがっちりした体格を康さんは忘れない。

だが、康さんを弾圧した歴代政権を始め、無罪判決と出した司法も、韓国メディアも謝罪の言葉は一切無い。殴られ、死を宣告され、未来を奪われた康さんを労い、謝ろうとする態度は全く見られない。謝罪しないのは韓国だけではない。支援者以外の在日や、民団から「お疲れさま」の一言すら、かけられたことはない。康さんは大統領の演説をどこか他人事のように感じていた。

だが、この日こそ「その日」だった。大統領はスピーチの中で大統領として、国家を率いる長として、公に謝罪の念を述べた。

政府は真実を究明し、傷を治すための努力を続けていきます。何よりも独裁権力の暴力に深く傷を負われた在日同胞ねつ造スパイ事件の被害者の方々と、御家族の皆さんに対して、大統領として国家を代表して、心からの謝罪と慰労の言葉を申し上げます。

生を賭して求めた大統領の謝罪。一分もなかったが、文在寅は犠牲者とその家族の傷を癒し、行動したいと明言した。この日、康さんは六八歳。拘束され、暴行され、死刑囚にされてからほぼ半世紀の歳月が流れていた。国際政治学者として知悉している政治家のパフォーマンス。それでも、じわじわと感慨が込み上げてきた。言葉にならない感情が胸の奥底から湧き出し、喉を駆け上り、「ことば」になろうとする。その刹那、康さんの脳裏をよぎったのは敬愛するネルソン・マンデラだった。南アフリカ共和国の悪名高い黒人差別政策、アパルトヘイトに抗い、人権保護と黒人解放運動を指導したマンデラは二七年の獄中生活を強いられる。二〇一三年に九五年の生涯を閉じたマンデラを康さんは励みにしてきた。マンデラの言葉を紹介する。

「成功は達成するまでは不可能に見える。敵と平和を築きたいのであれば、敵と話し合わなければならない。必要なのは勇気。勇気とは、恐れを知らないことではなく、恐れを克服すること。勇気をもたらすのが教育。世界を変えるための最も強力な武器が教育だ。生まれたときから、肌の色や育ち、宗教で他人を憎む人はいない。憎むことを学ぶのだ。憎しみを学べるのなら愛を教えることもできる。愛は憎しみよりも人間の心に届く」。赦しと和解の象徴と言われるマンデラは白人単独支配終結を実現。権力を手にした時、民衆に訴えた。自らを戒めるために。

皆さん、私を検証して欲しい。皆さんと交わした約束を守るかを検証して欲しい。皆さんを裏切らないか検証して欲しい。皆さんの尊厳を踏みにじらないか検証して欲しい。権力を振り回し、人間の権利を奪わないか絶えず検証して欲しい。これが一市民として私が守りたい原則です。

康さんにとって政治とは行動と結果である。謝罪を言葉通り受け取ることは、すぐにはできない。それでも文大統領の誠実な態度は嬉しかった。

直接、本人が目の前で公に国家の罪を謝罪する。胸に響きました。政治家というよりも、人間としての文在寅氏の誠実さを感じました。初めて国の指導者が在日の受けた弾圧に向き合い、語り、謝る。この事実を素直に喜びました。裁判所で、刑務所で、一切、謝罪を受けたことはなく、再審無罪を出した判事も一言も謝らない。在日社会は今も南北対立が持ち込まれたままです。私の無罪を無視する声も多い。初めての国家の謝罪、肝心なのは具体的な行動ですが、嬉しかったですね。

謝罪はスピーチの、ほんの一部に過ぎなかった。式は粛々と進み、あっという間に時が過ぎていった。

式典の最後は記念撮影だった。康さんは加わるつもりはなく、壁際にいたが、「全員で！」との声がこだまし、背中を押され参加者の輪に連れていかれた。期せずして文大統領と隣り合わせとなった。西大門刑務所での一瞬の交錯が再来。康さんは思わず声をかりた。

大統領、先ほどのスピーチは素晴らしかったです。ありがとうございました。私も当事者の一人です。嬉しかったです。

大統領は康さんの目を見つめ、手を差し出した。
無言の握手は三秒間。
康さんは待ち続けた「その日」を握りしめた。

D-dayの澄明な黄昏がおりた。

荒れ野の果てに

この二〇一九年の秋、康さんが死と隣り合わせの日々を過ごした西大門刑務所歴史館の壁に「NO DEATH PENALTY」の光文字が浮かんだ。

かつて死が支配する国家の暴力装置だった空間に、韓国の市民が死刑制度廃止を求めるメッセージをライトアップした。

二〇二〇年の秋、韓国政府は初めて死刑執行停止に向けた動きを本格化させる。社会開発や人権について取り扱う国連総会第三委員会で死刑執行の停止を求める決議案に賛成票を投じたのだ。世界人権宣言の理念に共感する文在寅大統領の強い意向だったという。筆者は康さんに「和解と赦し」について聞いた。

赦しとは……、一体、何を持って赦しとするのでしょうか。永遠の課題です。

真の和解には加害者の心の底からの悔いと謝罪が必要です。そして被害者が受け入れる、赦しですね。この双方が必要です。和解も赦しも一方的ではないのです。

日韓、日朝関係にも和解と赦しが必要ですが、加害者は被害者の痛みを理解しなければなりません。相手の立場に身を置き、人権を蹂躙し、人間性を破壊されることがどれほどの苦痛だったのかということを自覚できなければ真の反省も謝罪もない。真相究明とは被害者を想像し、知ろうとしなければ始まらない。加害者には大変な困難と苦痛が伴います。それでも、ここを出発点にしなければ真の和解はない。

赦しも和解も、ゴールはないのです。被害者が尊厳を回復してゆく過程、この終わりのないプロセスこそ赦しと和解です。続いていくことに意味がある。終わらないから、被害者が癒され、人間性を回復できる。この先の見えない歩みの先に、ふと気づくと山のてっぺんに登頂していた、到達していたと気づく時がくる。赦しと和解に完成はないけれど、近づいてゆく。

私が自らの経験を通して思ったことは徹底的に人間性を破壊されて、絶望と苦痛を与えた人々を、拷問した人間を、死刑をもたらした判事、その人々に憎しみを持って対応してはならないということ。憎しみは新たな憎しみを生む。終わりがない。憎しみは悪しき制度や法律を変える力にはならない。個人的な恨みの次元ですから。それよりも強い怒りを持とうと思いました。怒りは過ちを正す力になる。社会や体制や時代を変える原動力になる。

意志を生み出すのは怒りです。これは人間の本来の姿ではないと怒る、同じ人間に対してこんなことをするのかと怒る。怒りは自分にも向かいます。加害者と被害者が憎しみではなく、怒りを共有した時にこそ、和解も赦しも見えてくるのではないでしょうか。

人間の地平に立てなければ和解も赦しもない。日本と韓国、北朝鮮。日本人、朝鮮人、在日コリアン。国家でもなく、民族でもない。生まれついての出自、本人がどうしようもない属性でもなく、一人の人間として捉えなおし、見つめかえす。人間として認め、認められる。互いを想像し、まみれ、知ろうとする。

川の流れの如く、澱まず、とどまらない。「最終的、不可逆的」な流れなどない。加害と被害の軛から自由になるためにこそ、関わり続ける。康さんは拷問され、死刑判決を受け、全ての自由を奪われた。死と隣り合わせの空間で、懸命に自由を求めた。だが、一人きりの独房で求めた究極の自由は究極の不自由だった。自分独りで何をしてもいいという状況、完全に孤独な空間の中では、自由を感じることはなく、何もはじまらない。自分の思い通りにならない他者と過ごす時間、自分の好きにできない空間でしか自由を感じることができなかった。

「人間が自由だと思えるのは他者から何かを期待され、役割を求められることで他者と関わりを持ち、その関係性なかで、自分の行為を自分で決定できるとき」

自由の前提こそ他者の存在。欠かせないのが他者への赦し、他者との和解。康さんにとって、赦しと和解は川の流れの如く、他者を想像し、記憶し続ける継続性のなかにこそ存在する。在日と日本、日本と韓国、韓国と北朝鮮。分断から自由になるために、人間の地平に降り立つ。一個人の過去を受け止め、今を問い直し、未来を展望する。アウシュビッツから生還したフランクルの遺言がある。

「誰かがあなたを待っている。どこかであなたを待っている」

ドイツは戦後、ナチス犯罪に時効をなくした。一個人が国家に受けた罪、人道に対する罪を政治、外交的思惑からも「最終的、不可逆的」に決着させる道を選ばなかった。

一九八五年五月八日、西ドイツのワイツゼッカー大統領はドイツ敗戦四〇周年を記念する演説を行った。

「過去に目を閉ざす者は、現在にも盲目となる」

西ドイツは敗戦した一九四五年五月八日をStunde Null（シュトゥンデ ヌル）、「零時」とした。ユダヤ人虐殺と戦争を引き起こした戦前の国家体制と離別し、「戦後」を文字通り、ゼロから立ち上げようとした。ワイツゼッカーの演説は「荒野の四〇年」と呼ばれるようになる。この荒野の四〇年は旧約聖書の一節、「古代イスラエルの民がエジプトを出て、荒れ野を四〇年間彷徨った後、自分たちの新しい共同体を形成する」を想起させる。国民に対し、ナチス・ドイツの負の過去を、人道に対する罪を、平和に対する犯罪を、一人一人が覚悟と勇気を持って直視し、引き受け、「心に刻む」よう求めた。その一部を紹介したい。

一民族全体に罪がある、もしくは無実である、というようなことはありません。罪といい、無実といい、集団的ではなく個人的なものです。今日、一人ひとり自分がどう関り合っていたかを静かに自問していただきたいのです。

今日の人口の大部分はあの当時子どもだったか、まだ生まれてもいませんでした。この人たちは自分が手を下してはいない行為に対して自らの罪を告白することはできません。ドイツ人であるというだけの理由で、彼らが悔い改めの時に着る荒布の質素な服を身にまとうのを期待することは、感情をもった人間にできることではありません。しかし先人は容易ならざる遺産をのこしました。

罪の有無、老幼いずれを問わず、われわれ全員が過去を引き受けねばなりません。

全員が過去からの帰結に関り合っており、過去に対する責任を負わされているのであります。心に刻みつづけることがなぜかくも重要であるかを理解するため、老幼たがいに助け合わねばなりません。また助け合えるのであります。

問題は過去を克服することではありません。さようなことができるわけはありません。後になって過去を改竄し、起こらなかったことにはできません。

過去に目を閉ざす者は結局のところ現在にも盲目となります。

非人間的な行為を心に刻もうとしない者は、またそうした危険に陥りやすいのです。ユダヤ民族は今も心に刻み、これからも常に心に刻みつづけるでありましょう。

われわれは人間として心からの和解を求めております。まさしくこのためにこそ、心に刻むことなしに和解はありえない、という一事を理解せねばならぬのです。

「荒れ野の四〇年」ワイツゼッカー連邦大統領演説（一九八五年五月八日）

国家による過去の清算は個人の赦しと和解の先にある。そして赦し、和解を基礎づけるのは金銭でも、パフォーマンスでもなく「人間として認められ、ずっと待ってもらえること」。

被害と加害、過去と現在、国家と個人の絶えざる往還に康さんは過去の清算を託す。

エピローグ　召命

二〇二一年、康さんは七〇歳を迎えた。人生の秋口。教壇に立つ最後の年になった。

情けないけれど、寄る年波には勝てません。腰痛がひどく、体力、気力、胆力が落ちている。持病の脊柱管狭窄症が悪化し、足腰が弱ってきました。その上、研究者に欠かせない、論理的思考力、記憶力が衰えてきた。この論理的思考ができなくなったら研究者として、そんな無責任はない。きっぱりと去ります。

コロナ禍が世界中に広がり、殆どの講義が遠隔形式になった。五一歳で大学院に進み、博士号を取得してから一五年。若い世代に講じてきたのが平和学と人権。そして日韓、日朝、南北関係。だが、試行錯誤の連続だった。一〇〇人を超える大講義室での授業が多く、少人数で対話を通したゼミとは程遠い。日朝、日韓関係が冷え込む中、統一に向けたプロセスを論じるだけで、反発し批判する学生も少なくなかった。不寛容な声が教室に飛び交ったこともあった。どうすれば心の通い合う授業にできるのか、悩みは消えなかった。教員になった当初は自身の過去は一切口にしなかった。感情が学生の理性、知性を曇らせること、普遍性を持つべき政治学の理論を一個人の体験から論じ「特殊」に堕することを懸念した。そんな康さんは六五歳を過ぎたあたりから、少しずつ、過去も話すようになる。

学問ですので一時的に生滅する感情ではなく、時空を超越する理論を持って、論じることを心がけてきました。ですがこの年になって、教える事と同じくらい、語る事も大事だなと思うようになった。そう、語り部です。説得しよう、誘導しようという意図のない、何も飾らない、地べたに這いつくばるような「ことば」。漢字でもカタカナでも大文字でもない「ことば」で率直に語りかける、当事者でしか語れない「ことば」を虚心に届ける、少しですけれど。

学者としては遅すぎる出発。専任教員にはなれなかったが、教えた大学生は一〇〇〇人以上。中には在日の若者も少なくない。同志社大生は康さんの存在に励まされたと言う。

大学には私を始め、数十人の在日がいます。でも大半が通名（日本名）です。本名をカミングアウトできない。差別が怖いし、友達が離れると思うと、言い出せない。でも、自分を偽り、親友をだましている気持ちに苛まれる。康先生の命がけで民主化を、統一を目指す強さに触れると、在日であることに誇りを持てるようになりました。

大阪大学の女子学生は康さんの授業を受け、新聞記者を志すようになった。

知らされていないことが多くある。知る意味を教わりましたね。人権とか、平和とか、当たり前で授業で習う意味を感じてこなかったけれど、康先生の講義で、はじめて人権とは何かに触れた気がします。そして、こんな身近で人権が奪われたことも教わりました。下から見ないと見えないことがある。路上の視座から社会に関わりたいと思い、記者になりました。

獄中の康さんを支え続けた天王寺高校の同級生も康さんから刺激を受けた。公務員や教師を務めあげたのち、不撓不屈の康さんに続けと大学院に進み、修士や博士号に挑んでいる。先だった恩師、福田先生を偲ぶ会は終わらない。宴を重ね、互いに学びを競い合う。

在日元政治犯の幾人かは大学教員や市井の研究者になり、探究の日々を過ごす。

まだ名誉回復されない在日韓国元政治犯は一〇〇人以上。康さんは生涯をかけて、行動する良心たらんとする。

歴史は止まらない。

一年前、北朝鮮は康さんが分断線を越えて訪問した開城にある南北共同連絡事務所を爆破した。北の朝鮮人民軍は「軍事境界線がある非武装地帯（ＤＭＺ）に進入する準備ができている」と警告を発し、国営の朝鮮中央通信は、爆破は「人間のクズどもと、これを黙認した連中に罪の代償を払わせるべきだと、そうやって怒る民心に応えた」と報道した。

だが朝鮮戦争休戦協定締結から六八年後の二〇二一年七月二七日午前十時、南北首脳は途絶していた通信ホットラインを再開した。韓国大統領府によると、文在寅大統領と金正恩朝鮮労働党総書記は信頼関係を再構築し、関係を改善していくことで合意。両首脳は春以降に複数回、個人的な手紙のやり取りを交わしていたという。

歴史の転換点は行動する良心に訪れる。

カイロスは続く。コロナウイルス感染が世界に猛威を振るう二〇二一年の夏、康さんに突然、電話がかかってきた。

「はい、康宗憲ですが……」

「突然の連絡を許してください。私は駐日韓国大使の姜昌一《カンチャンイル》です」

日韓関係に最前線で向き合う駐日大韓民国大使が直々にお会いしたい。できれば食事を共にしたいと伝えた。取材は認められなかったが、元死刑囚の康さんや李哲さんはじめ、韓国政府に弾圧された五人が日本における韓国政府代表たる大使と対話した。

姜昌一大使は康さんの一つ年下の一九五二年生まれ。出身も康さんの父と同じ済州島。同じソウル大学で学び、東大で日本近代史を研究した。分断の起点である済州四・三事件の真相を究明する研究所所長や光州事件を記録し、国家の罪を記憶する光州五・一八記念財団理事を経て政界入りした。韓日議員連盟会長を務める一方、日本の負の過去も、自国の忌まわしい記憶も研究者として向き合い続けている。

カイロスは終わらない。在学中に死刑判決を受け、卒業が叶わなかったソウル大学からも連絡が届いた。日本統治下期に設立され朝鮮総督府が管轄した京城帝国大学をルーツとするソウル大学が康さんに卒業を認めるという知らせだった。

「康宗憲さんを名誉卒業生とすることを大学として決定しました。コロナウイルス感染拡大状況次第ですが、できれば対面で名誉卒業証書授与式を八月二七日に執り行いたいので訪韓を検討して頂きたい」

一九七一年に入学し、卒業まで二年を残して投獄された康さんにとって、およそ半世紀ぶりの卒業になる。思いもよらぬ恩寵だった。

全く想像していませんでした。今さら卒業生になっても医師になれるわけではないし、この年で医療行為ができる訳もない。ですが、私は嬉しい。母校が私の生き様を承認する、あの苛酷な日々を過ごした学生生活を卒業に値すると認めてくれる。私は七〇歳での卒業を誇らしく思います。大変残念ですが、コロナウイルス感染拡大状況で授与式は延期となり、郵送で卒業証書を授与されました。それでも、この名誉卒業授与の決断が韓国の大学に及ぼす影響は小さなものではありません。在日コリアンが祖国に尽くしたいとの希望を抱いて留学した延世大学や高麗大学はじめ数多の大学で今回のソウル大学に続く動きが期待できます。

韓国の大学キャンパスには生を賭して独立、分断克服、民主化を求めた青春の墓標が遺されている。延世大学には日本に留学し、弾圧され獄死した民族の詩人・尹東柱の記念室があり、民主化闘争で命を散らした学生の記念碑が置かれている。

ソウル大学には民主化後、The Path of Democracy（民主化の道）がつくられ、なだらかな丘に向かう道沿いに軍事独裁に抗い、落命したソウル大生の追慕碑、記念碑が設置された。いつの日か康さんたち在日留学生を追慕する手掛かりが遺されるかもしれない。

カイロスは創るもの。康さんは韓国統一部（Ministry of Unification）秘書官から非公式での会合を依頼された。統一部は国家行政機関であり、南北統一を目的に北との政治的対話や交流、人道支援に関する政策立案と実践を担う。Public Diplomacy を実践し、軍事力や経済力ではなく文化の力で国力を高め、資源とする外交政策も行う。

康さんは韓国政府が自らの無謬性を身直し、国家が罪を認めることの意味と意義、そして韓国で殆ど知られることのない在日の分断克服の願いを知ってほしいと訴えるつもりだという。

カイロスを生きる康さんの二〇歳下の筆者も知命を迎えた。気が付けば康さんと出逢ってから一五年が過ぎていた。取材者として、絶望に屈せず統一を目指す康さんの歩みを見つめる歳月の中、いつしか信念の行方を見届け、伝える事が使命と感じるようになっていた。

朝鮮半島の統一は未だ実現しない。徴用工や慰安婦問題を巡って日韓関係は隘路に陥り、文大統領の支持率は低迷し、南北関係の先行きも見通せない。不寛容な空気が世界を覆い、偏狭なナショナリズムが跳梁する。最後に康さんに想いを聞いた。

「行動する良心」という言葉から思い出すのは、故金大中韓国元大統領です。軍事独裁政権からの執拗な弾圧と迫害に対し、彼はこの言葉を座右の銘として韓国民主化のために献身しました。私自身も暗黒の時代に一三年間を獄中で過ごしましたが、果たして自分が「行動する良心」の精神を体現してきたのか、自信はありません。

釈放された翌年、日本政府から「特別在留許可一年」の資格で帰日（一九八九年四月四日）しました。拷問を受け死刑囚としての青春を過ごした私にとって、「良心」は人間に固有の「尊厳」と切り離しては考えられなかったからです。後に世界人権宣言を読んで、その第一条「すべての人間は生れながらにして自由であり、かつ、尊厳と権利とについて平等である」との内容に、素朴な共感を覚えたものです。

二〇二一年に古希を迎えますが、振り返ってみると私の人生は挫折の連続だったような気がします。母国に留学し医学を学んでいた二四歳の青年が、捏造された公安事件によって長期の収監生活を余儀なくされ、医師への道は絶たれました。三七歳で日本に戻ったものの、これといった技術も資格も無かった私は、バブル末期の競争社会に適応する能力がありませんでした。それでも朝鮮民族の統一問題に関わり続けたいとの思いから、「韓国問題研究所」を立ち上げ在野の一研究者として試行錯誤を始めます。

五〇歳になろうとする頃、第一回目の南北首脳会談が開催されました。在野での研究に限界を感じていたこともあって、より高いレベルでの研究を目指し大学院で国際政治を学ぶ決心をします。五年後になんとか博士の学位を取得しましたが、評価される研究論文がなく、どの大学からも専任教員としては採用されませんでした。そして、いくつかの大学を転々とした非常勤講師の仕事を、今年いっぱいで終えようとしています。

そうした私にとって、盧武鉉政権期に発足した『真実・和解のための過去事整理委員会』が、一条の光を投じてくれました。再審請求が認められ、大変な紆余曲折を経ましたが、六四歳の年に韓国大法院（最高裁）で無罪判決が確定したのです。言わば、負け続けた選手が敗者復活戦を勝ち上がり、ようやく真相究明と名誉回復を達成しヒーロー・インタビューに応じたようなものです。二五歳で確定死刑囚となった私は、裁判に関して何一つ良い記憶がありません。法廷で聞く求刑や判決はすべて「死刑」の一言だけでしたから。それだけに高裁の再審判決で、「死刑」ではない、初めて聞いた「無罪」という言葉は新鮮で爽快でした。不当拘束の日から三七年を経過していましたが……。

「あまりにも遅く訪れた正義は、真の正義ではない」という言葉があります。軍事独裁と民族分断の体制下にあった韓国社会では、国家保安法による膨大な犠牲者が発生しました。絞首台で最後を迎えた人たちの無念と、残された家族の悲痛を思うと、言葉もありません。「良心の囚人」という称号すら虚しく聞こえます。中には私のように、数十年を経て再審で無罪を勝ち取ったケースも少なくありません。しかし、権力に奪われた貴重な生命を、決して取り戻すことはできないのです。

私にとって唯一の救いは、刑場で生を終えることなく、愛する家族のもとに帰れたことです。多くの方々と友人たちの、ねばり強い救援運動のおかげでした。死刑囚だった二〇代の頃、古希を迎えるまで生きるとは思ってもいませんでした。当時の心境は、大法院に提出した上告理由書（一九七七年）の末尾に集約されています。

「二五歳の学生として、大韓民国の法律により最高刑を宣告されたこと、心より光栄に思います。もし、私のような取るに足らない学生政治犯をも死刑に処することでしか、この国の安保が維持されないのなら、私も大韓民国の一国民として、国家と民族のためにいつでも私の青春と生命をささげる用意があることを、ここに表明します」

いま読み返してみれば稚気と血気の極みですが、多くの愛国者を抹殺していくファッショ政権の横暴に対し、心の底からの憤怒を何らかの抵抗として示したかったのでしょう。上告理由書は日本語に訳され、救援集会でも紹介されたそうです。ただ、文末の「用意」が「勇気」と誤訳（意訳？）されていました。凡人の私には死刑執行を堂々と受け入れる「勇気」はなく、ヒタヒタと押し寄せる死の恐怖を辛うじて耐えながら、その日に備え心の「用意」をするしかありませんでした。

世の中にはとても器用で有能な人がいます。時流に敏感で、社会の必要に合わせて自分を変えることができるタイプです。だから成功し出世もします。一方、不器用な人は時流に疎く、社会の要求に合わせて変身することができません。逆に、自分の信じる理想の実現に向け、社会を変革しようとします。そうなると既存の秩序や法体系と衝突し、時の権力によって拘束されたりもします。私はどう考えても後者の部類のようです。

しかし人類の歴史は、愚直なまでに不器用な人間が続けてきた、「不服従」という抵抗によって発展してきたと思うのです。その「不服従」は、「人間の尊厳と良心」に依拠するが故に、「非暴力」を本質とします。私はこれからも、ひたすら愚直に生きようと思います。

二〇二一年　康宗憲《かんじょんほん》

あとがき

一九四八年に国連で採択された世界人権宣言。人類の歴史で初めて基本的人権尊重の原則を定め、人権保障の目標や基準を国際的にうたった画期的な宣言である。

世界を巻き込んだ第一次、第二次大戦に続く東西冷戦。朝鮮戦争やベトナム戦争が世界を引き裂き、分断をもたらした。そして朝鮮戦争は未だ終わらない。この戦争の世紀と呼ばれる二十世紀は「特定の人種・民族」の迫害や大量虐殺など、人権侵害や人権抑圧が横行した。この負の経験から人権問題は人類、国際社会全体に関わる問題であり、人権の保障が世界平和の基礎であるという考え方が主流になった。

そこで四八年一二月一〇日、パリで開かれた第三回国連総会で「すべての人民とすべての国とが達成すべき共通の基準」として、この「世界人権宣言」が謳われた。この宣言は、すべての人々が持つ市民的、政治的、経済的、社会的、文化的分野に広がる権利を認め、世界各国の憲法や法律に取り入れられている。宣言自体に法的拘束力はないものの、国連では「経済的、社会的及び文化的権利に関する国際規約（A規約）」と「市民的及び政治的権利に関する国際規約（B規約）」の二つの国際人権規約を採択し、この規約を礎として様々な人権保障に関する条約が成立した。

世界人権宣言は南北分断によって、軍事政権によって、母国の不作為によって政治犯とされ、良心の自由を踏みにじられた康さん達、在日留学生が生を賭けて実現を追い求めた悲願でもある。ほしいままに逮捕・拘禁され、拷問や残虐な刑罰を受けない権利、法の下に人として認められる権利、そして良心の自由は、不寛容と分断が拡がる二一世紀にこそ、保障されなければならないと考える。

その理念の実現は途上だが、願いなくして未来は描けない。

良心の自由こそ人が人でいられる寄る辺であり、決して侵されてはならない個人の尊厳である。

良心が弾圧され分断されないために「行動した良心」が人生を捧げた理想を抱きしめ、「その日」の到来を目指したい。

第一条

すべての人間は、生れながらにして自由であり、かつ、尊厳と権利とについて平等である。人間は、理性と良心とを授けられており、互いに同胞の精神をもって行動しなければならない。

第二条

(1)すべて人は、人種、皮膚の色、性、言語、宗教、政治上その他の意見、国民的若しくは社会的出身、財産、門地その他の地位又はこれに類するいかなる事由による差別をも受けることなく、この宣言に掲げるすべての権利と自由とを享有することができる。

(2)さらに、個人の属する国又は地域が独立国であると、信託統治地域であると、非自治地域であると、又は他のなんらかの主権制限の下にあるとを問わず、その国又は地域の政治上、管轄上又は国際上の地位に基づくいかなる差別もしてはならない。
第三条
すべて人は、生命、自由及び身体の安全に対する権利を有する。
第四条
何人も、奴隷にされ、又は苦役に服することはない。奴隷制度及び奴隷売買は、いかなる形においても禁止する。
第五条
何人も、拷問又は残虐な、非人道的な若しくは屈辱的な取扱若しくは刑罰を受けることはない。
第六条
すべて人は、いかなる場所においても、法の下において、人として認められる権利を有する。
第七条
すべての人は、法の下において平等であり、また、いかなる差別もなしに法の平等な保護を受ける権利を有する。すべての人は、この宣言に違反するいかなる差別に対しても、また、そのような差別をそそのかすいかなる行為に対しても、平等な保護を受ける権利を有する。
第八条
すべて人は、憲法又は法律によって与えられた基本的権利を侵害する行為に対し、権限を有する国内裁判所による効果的な救済を受ける権利を有する。

第九条

何人も、ほしいままに逮捕、拘禁、又は追放されることはない。

第十条

すべて人は、自己の権利及び義務並びに自己に対する刑事責任が決定されるに当っては、独立の公平な裁判所による公正な公開の審理を受けることについて完全に平等の権利を有する。

……三〇条まで続く。

最後に二〇二一年五月に駐大阪大韓民国総領事の任を終えて韓国に帰国したジャーナリストの先輩・呉泰奎氏に衷心より感謝の念を伝えたい。また、筆者が康さんを知ったのは大阪大学大学院国際公共政策研究科の木戸衛一研究室への所属がきっかけだった。中途退学した不肖のゼミ生だが、大学院の先輩である康さんとの出会いを頂き、平和について、人権について教わり続けている木戸さん（ゼミルールに則り、先生の呼称は控えます）に深い御礼をおくりたい。そして編集者として刊行まで導いてくださったかもがわ出版の松竹伸幸さんに深謝の意を届けたい。末筆ながら、浅学非才の筆者に「取材とは何か」を行動で教えてくれた毎日放送元ベルリン支局長・井本里士さんと池永記代美さんに万謝の念を捧げたい。

〈参考文献〉

世界編集部　T・K『軍政と受難―第四・韓国からの通信』岩波新書、1980
韓洪九『韓洪九の韓国現代史　韓国とはどういう国か』平凡社、2003
韓洪九『韓洪九の韓国現代史Ⅱ　負の歴史から何を学ぶのか』平凡社、2005
徐勝『獄中一九年―韓国政治犯のたたかい』岩波新書、1994
金芝河他／井出愚樹編訳『良心宣言』大月書店、1975
文京洙『新・韓国現代史』岩波新書、2015
文京洙『文在寅時代の韓国「弔い」の民主主義』岩波新書、2020
水野直樹・文京洙『在日朝鮮人　歴史と現在』岩波新書、2015
テッサ・モーリス・スズキ『北朝鮮へのエクソダス「帰国事業」の影をたどる』朝日新聞社、2007
金孝淳『祖国が棄てた人びと　在日韓国人留学生スパイ事件の記録』石書店、2018
康宗憲「盧武鉉政権の過去清算と韓日関係」『韓国の声』第六三号、2005
『在日韓国人良心囚の名誉回復を求める会　活動記録集』6周年活動記録編集委員会、2016
康宗憲『死刑囚から教壇へ　私が体験した韓国現代史』角川学芸出版、2010
李哲『長東日誌』東方出版、2021
文英心（著）康宗憲（監修）『イカロスの監獄　李石基内乱陰謀事件の真実』同時代社、2018
金大中、（翻訳）波佐場清、康宗憲『金大中自伝Ⅰ　死刑囚から大統領へ　民主化への道』岩波書店、

２０１１
金大中、（翻訳）波佐場清、康宗憲『金大中自伝Ⅱ 歴史を信じて 平和統一への道』岩波書店、２０１１
文在寅『運命 文在寅自伝』岩波書店、２０１８
阿部利洋『真実委員会という選択―紛争後社会の再生のために』岩波書店、２００８
V・E・フランクル（翻訳）霜山徳爾『夜と霧 ドイツ強制収容所の体験記録』みすず書房、１９８５
リヒャルト・フォン・ヴァイツゼッカー（翻訳）永井清彦『新版 荒れ野の40年 ヴァイツゼッカー大統領ドイツ終戦40周年記念演説』岩波ブックレット、２００９
高祐二『われ、大統領を撃てり 在日韓国人青年・文世光と朴正煕狙撃事件』花伝社、２０１６
E・H・カー『歴史とは何か』岩波新書、１９６２
『日本国憲法』小学館「写楽」編集部、１９８２
呉泰奎『総領事日記―関西で深める韓日交流』東方出版、２０２０
西原博史『良心の自由と子どもたち』岩波新書，２００６
坪井兵輔『歌は分断を超えて』新泉社、２０１９
ラジオドキュメンタリー『獄中13年』ＭＢＳラジオ報道部、２００９
済州4・3平和財団『4・3と平和 日本語版⑭』新幹社、２０１８
『世界』岩波書店、１９７５年～２０２０年
在日韓国人政治犯を救援する家族・僑胞の会『クナリオンダ韓国政治犯・家族の声を聞け』復刻委員会、２０１９

共同通信記事（２００１年～２０２１年）
毎日新聞記事（２００８年～２０２１年）
朝日新聞記事（１９７５年～２０２１年）
週刊金曜日記事（第１３１９号・共同通信社粟倉義勝記者寄稿、２０２１年3月5日）
法務省ＨＰ（世界人権宣言）　http://www.moj.go.jp/JINKEN/jinken04_00172.html
青瓦台　http://www.president.go.kr/
法制処　http://www.moleg.go.kr/
済州四・三事件真相糾明および犠牲者名誉回復委員会　http://www.jeju43.go.kr/
民主化運動関連者名誉回復および補償審議委員会　http://www.minjoo.go.kr/
国家人権委員会　http://www.humanrights.go.kr/
民主化運動記念事業会　http://www.kdemocracy.or.kr/
特殊任務遂行者補償審議委員会　http://www.smc.go.kr/
日帝強占下強制動員被害真相糾明委員会　http://www.gangje.go.kr/
東学農民革命参与者名誉回復審議委員会　cdpr.go.kr
ハンギョレ新聞　http://www.hani.co.kr/
東亜日報　http://www.dongailbo.co.kr/
中央日報　news.joins.com
朝鮮日報　http://www.chosun.com/

坪井兵輔（つぼい・ひょうすけ）

1971年生まれ。神戸市在住。ジャーナリスト・大学教員。慶応大学経済学部卒。1995年毎日放送入社。ベルリン支局特派員などを経て現職。放送作品に「獄中13年」（アジア太平洋放送連合賞）、「見えない基地」（平和・協同ジャーナリスト基金賞）、「家族づくり」（放送文化大賞準グランプリ）、「知られざる最前線」（坂田記念ジャーナリズム賞）ほか多数。著書に『歌は分断を超えて』（新泉社、山本美香記念国際ジャーナリスト賞）、『KOBE1975 核と原発、帝国と同盟の博覧会』（かんよう出版）など。

西大門刑務所の黙示録

分断克服に生命を賭した在日の行動する良心

2021年12月3日　第1刷発行

著　者　ⓒ坪井兵輔
発行者　竹村正治
発行所　株式会社　かもがわ出版
〒602-8119　京都市上京区堀川通出水西入
TEL 075-432-2868 FAX 075-432-2869
振替　01010-5-12436
ホームページ　http://www.kamogawa.co.jp
印刷所　シナノ書籍印刷株式会社

ISBN978-4-7803-1194-5　C0036